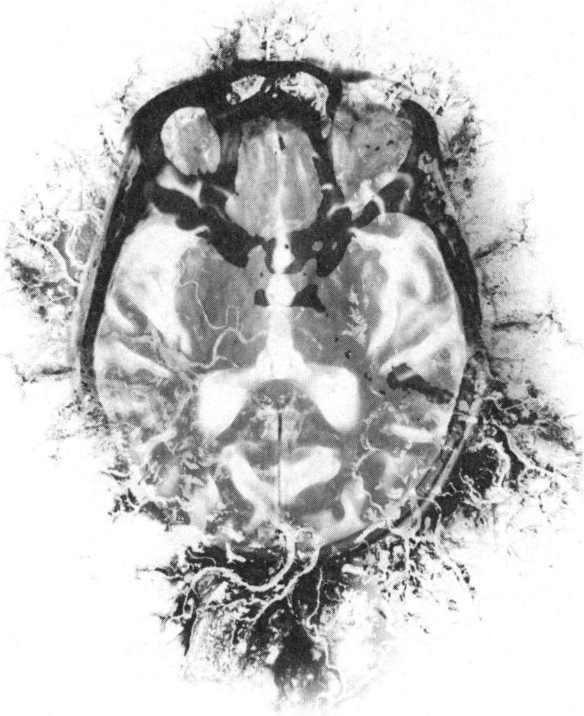

# LE NEXUS DU DOCTEUR ERDMANN

NANCY
KRESS

# LE NEXUS DU DOCTEUR ERDMANN

UNE
HEURE
LUMIÈRE

Le Bélial'

**Du même auteur**
**chez le même éditeur**

*Danse aérienne*

Si vous voulez être tenu au courant de nos publications,
écrire aux auteurs, illustrateurs, ou recevoir un
bon de commande complet, deux adresses :

**Le Bélial'**
**50 rue du Clos**
**77670 Saint Mammès**
**France**

**ou**

**www.belial.fr**

**venez discuter avec nous sur http://forums.belial.fr**



Traduit de l'anglais (États-Unis) par Erwann Perchoc & Alise Ponsero
Sous la vigilance de Quarante-Deux et Pierre-Paul Durastanti



« Une heure-lumière », collection dirigée par Olivier Girard

« *Les fautes surnagent comme la paille ;*
*celui qui veut les perles doit plonger au fond.*[1] »
John Dryden

(1). *Tout pour l'amour*, John Dryden, 1677, traduction issue de *Correspondance inédite de Grimm et de Diderot*, Paris, H. Fournier, Libraire, 1829.

*Le vaisseau, que Henry Erdmann n'aurait jamais identifié comme tel, se mouvait entre les étoiles, progressant selon un motif ordonné d'occurrences dans le flux du vide. Plusieurs années-lumière cubes d'espace alentour, des particules subatomiques apparaissaient, existaient et disparaissaient en quelques nanosecondes. Des transitions de flop déchiraient l'espace et le reconfiguraient à mesure que la nef avançait. Si Henry s'était trouvé à proximité, dans le froid de l'espace profond, les sursauts de radiations, intenses, à la fois réguliers et complexes, l'auraient tué bien avant qu'il n'ait eu le temps d'en apprécier la chatoyante beauté.*

*Soudain, le vaisseau stoppa.*

*Les sursauts de radiations s'accrurent, gagnèrent en complexité. Puis le vaisseau changea de direction de façon abrupte. Il accéléra, déformant temps et espace dans sa course tout en soignant les altérations dans son sillage. L'urgence le saisissait.*

*Très loin, quelque chose luttait pour naître.*

# 1.

Dans sa petite chambre, face à son miroir, Henry Erdmann s'efforçait de nouer sa cravate tout en maintenant sa prise sur son déambulateur ; entreprise hasardeuse vouée à l'échec. Il tira sur le nœud d'un coup sec et recommença. Carrie serait bientôt là.

Henry portait toujours une cravate à l'université. Que les étudiants — y compris les diplômés ! — assistent aux cours en jeans troués, t-shirts obscènes et les cheveux pareils à un nid de rats — filles incluses —, cela tenait à la nature estudiantine intrinsèque. À l'inverse de beaucoup à Saint Sebastian, Henry ne voyait aucune marque d'irrespect dans ces tenues négligées. Parfois, il s'en amusait même un peu tristement. Est-ce que ces physiciens en devenir, intelligents, souvent déterminés, se rendaient compte à quel point leur beauté était éphémère ? Pourquoi s'échinaient-ils à paraître repoussants alors que cela deviendrait bientôt leur unique choix ?

Henry parvint enfin à un nœud satisfaisant. Pas parfait — opération difficile avec une seule main —, mais pas mal, même pour un boulot gouvernemental. Quand lui et ses collègues officiaient pour le gouvernement, la perfection, c'était le minimum. C'était comme ça avec les bombes atomiques. Henry entendait toujours la voix d'Oppie déclarant que les plans d'Ivy Mike étaient

« techniquement adorables ». Bien sûr, c'était avant tout le…

Un coup à la porte et la voix jeune et fraîche de Carrie retentit. « Docteur Erdmann, vous êtes prêt ? »

Elle le traitait toujours avec respect, l'appelant par son titre. Pas comme certaines infirmières ou aides-soignantes. « Comment allons-nous aujourd'hui, Hank ? » avait demandé la veille la blonde obèse, avant de rire de sa réponse : « Je ne vous connais pas, madame, mais je vais bien, merci. » Henry l'imaginait en train de parler à l'une de ses affreuses collègues : *Les personnes âgées sont tellement formelles, c'est mignon tout plein !* Personne ne l'avait jamais appelé Hank de toute sa vie.

« J'arrive, Carrie. »

Il posa ses deux mains sur le déambulateur et trottina bruyamment — clonc, clonc, clonc —, même sur le sol moquetté. Les copies corrigées se trouvaient sur la table près de la porte. Il avait donné à ses étudiants des problèmes ardus cette semaine, et seul Haldane était parvenu à tous les résoudre. Haldane était prometteur. Un esprit inventif mais rigoureux. Il aurait fait l'affaire en 52, sur le projet Ivy, lors du développement de la bombe H à étages de type « Teller-Ulam ».

Au milieu du salon de son petit appartement de la résidence médicalisée, quelque chose survint dans l'esprit d'Henry.

Il s'arrêta, stupéfait. On aurait dit un *contact* timide, un doigt spectral dans son cerveau. La peur fit aussitôt place à la surprise. Une attaque ? À quatre-vingt-dix ans, ce n'était pas impossible. Pourtant, il se sentait en forme, mieux que les derniers jours. Pas une attaque, non. Alors quoi ?

« Docteur Erdmann ?

– Je suis là. » Il claudiqua jusqu'à la porte et l'ouvrit. Carrie portait un pull rouge cerise, une feuille morte couleur de cuivre sur son chapeau et des lunettes de soleil. Un joli brin de fille — cheveux de bronze, peau claire et couleurs vives. Dehors, il bruinait. Henry tendit la main et ôta les lunettes d'un geste doux. L'œil gauche de la jeune femme était gonflé et décoloré, pupille et iris invisibles sous la chair outragée.

« Le salaud », dit Henry.

✦

*Tiens, Henry et Carrie traversent le hall en direction des ascenseurs*, songea Evelyn Krenchnoted. Elle agita la main à leur intention depuis son fauteuil, sa porte grande ouverte, comme toujours, mais ils parlaient et ne la remarquèrent pas. Comme elle tendait l'oreille, le son de leurs paroles fut couvert par un nouvel avion ; ces enquiquinants plans de vol les faisaient passer bien trop près de Saint Sebastian ! Sauf que sans eux, Evelyn n'aurait jamais eu les moyens de se loger ici. *Toujours voir le bon côté des choses…*

On était mardi après-midi, et Carrie amenait sans doute Henry à l'université. La manière dont le vieil homme se gardait affairé était merveilleuse. Pour sûr, impossible de deviner son âge véritable : il n'avait même pas perdu ses cheveux ! Sa veste ne semblait toutefois pas imperméable et trop légère pour un mois de septembre. Il pourrait attraper froid. Evelyn en toucherait un mot à Carrie. D'ailleurs, pourquoi portait-elle des lunettes de soleil par ce temps de pluie ?

Oups… Si elle ne commençait pas à passer ses coups de fil, elle allait se mettre en retard. Des gens dépendaient d'elle, après tout ! Elle composa le premier numéro, entendit la sonnerie à l'étage d'en-dessous. « Bob ? C'est Evelyn. Dis-moi, mon chou, comment est ta pression sanguine aujourd'hui ?

– Ça va, répondit Bob Donovan.

– Tu es sûr ? Tu sembles un peu grincheux, mon chou.

– Je vais bien. Juste occupé.

– Oh, c'est parfait ! Avec quoi ?

– Juste *occupé*.

– C'est toujours bon de se tenir occupé. Tu seras aux Affaires Courantes ce soir ?

– Sais pas.

– Tu devrais. Vraiment. La stimulation intellectuelle est primordiale pour les gens de nos âges.

– Je dois y aller, grommela Bob.

– Bien sûr. Comment va ta petite-fille avec… »

Il raccrocha. *Vraiment très grincheux.* Peut-être souffrait-il de problèmes de transit. Evelyn lui recommanderait un lavement.

Son appel suivant s'avéra plus concluant. Gina Martinelli était, comme toujours, ravie des attentions d'Evelyn, informant minutieusement cette dernière de l'état de son arthrite, sa goutte, son diabète, le problème de poids de son fils, la fausse-couche de la belle-fille de la femme de son autre fils, le tout entrecoupé de citations bibliques (« Mais fais usage d'un peu de vin, à cause de ton estomac », première épitre à Timothée). Elle répondit à toutes les questions, nota toutes les recommandations, puis…

« Evelyn ? demanda Gina. Tu es toujours là ?

– Oui, je… »

Evelyn se tut, un événement tellement choquant que Gina prononça dans un souffle : « Sonne l'infirmière !

– Non, non, je vais bien. Je… je me suis souvenu de quelque chose l'espace d'un instant.

– Quoi ? »

Evelyn l'ignorait. Ce n'était pas un souvenir ; plus exactement, c'était… *quoi* ? Un sentiment, une vague sensation, mais forte, d'une certaine manière, de… *quelque chose.*

« Evelyn ?

– Je suis là !

– Le Seigneur décide quand il doit nous rappeler, et je pense que ce n'est pas encore ton jour. Tu sais pour Anna Chernov ? La célèbre danseuse de ballet du troisième. Elle est tombée la nuit dernière et s'est cassé la jambe ; ils l'ont mise à l'infirmerie.

– Non !

– La pauvre… Ils disent que c'est temporaire, jusqu'à ce qu'ils l'aient stabilisée, mais tu sais ce que ça signifie. »

Evelyn savait. Comme tous. D'abord l'infirmerie, puis le sixième étage, où l'on n'avait même plus d'appartement à soi, puis les soins palliatifs aux septième et huitième… Mieux valait partir vite et proprement, comme Jed Fuller le mois dernier… Allons, elle n'allait pas broyer du noir. Garder une attitude positive était essentiel !

« J'ai entendu dire qu'Anna s'en sort bien, poursuivait Gina. Le Seigneur ne donne jamais plus qu'on ne peut supporter. »

Une affirmation dont Evelyn doutait, mais débattre avec Gina ne servait à rien : elle était convaincue d'avoir Dieu comme confident.

« Je vais lui rendre visite avant l'atelier des Tapineuses du Tricot. Je suis certaine qu'elle veut de la compagnie. Pauvre fille. Ces danseuses, elles maltraitent leur corps pendant des années, alors pourquoi s'étonner ?

– Je sais ! » Le voix de Gina trahissait une pointe de satisfaction. « Elles paient un affreux tribut pour leur beauté. Tout ça est un peu vain, à vrai dire.

– Tu as entendu parler du collier qu'elle garde dans le coffre-fort de Saint Sebastian ?

– Quel collier ?

– Il est fabuleux ! D'après Doris Dziwalski, c'est le tsar qui l'a donné à une célèbre danseuse russe avant qu'elle ne l'offre à Anna.

– Quel tsar ?

– *Le* tsar ! Tu sais bien, celui de Russie. D'après Doris, ce collier vaut une fortune, raison pour laquelle il est enfermé dans le coffre-fort. Anna ne le porte jamais.

– Vanité. Elle n'aime probablement pas le contraste avec son cou ridé.

– Doris dit qu'Anna est déprimée.

– Non, c'est de la vanité. Écoute, j'ai regardé et vu qu'il était…

– Je vais lui recommander l'acupuncture, l'interrompit Evelyn. C'est remarquable contre la dépression. »

Mais avant tout, il lui fallait appeler Erin et la mettre au courant.

✦

Erin Bass laissa le téléphone sonner. C'était sûrement cette casse-pied d'Evelyn Krenchnoted, jubilant à l'idée de s'enquérir de sa pression sanguine, son cholestérol ou l'état de ses îlots de Langerhans. Bien sûr, Evelyn n'était pas méchante, et Erin aurait sans doute dû se montrer plus charitable et décrocher. Mais à quoi bon ? À quoi bon faire des efforts sous le simple prétexte qu'on est vieux ?

Elle retourna à son livre, *Le Fond du problème* de Graham Greene. Si le désespoir blasé affiché par l'auteur l'agaçait, Greene n'en restait pas moins un formidable romancier injustement sous-estimé à l'heure actuelle.

« *Le paquebot entra en rade un samedi soir : de la fenêtre de leur chambre, ils purent voir sa longue forme grise franchir les chaînes du port, derrière les palmiers…* »

Il se passait quelque chose.

« … *grise franchir les chaînes du port, derrière…* (2) »

Erin ne se trouvait plus à Saint Sebastian. Elle était… nulle part, elle s'élevait au-dessus de tout, elle était au-delà de…

(2). Traduction de Marcelle Sibon, © Robert Laffont 1949.

Fini. Elle était de nouveau assise dans son petit appartement, ignorant le livre qui glissait de ses genoux.

✦

Anna Chernov dansait. Elle, Paul et deux autres couples se tenaient sur la scène, sous les projecteurs. Balanchine en personne se trouvait dans les coulisses, et même si Anna savait qu'il attendait le solo de Suzanne, sa présence l'inspirait. La musique commença. *Promenade en couronne*, *attitude*, *arabesque effacée*(3) puis le saut, les bras de Paul la soulevant. Projetée hors d'elle-même, elle plana bientôt au-dessus des planches, des têtes du corps de ballet — y compris de Suzanne Farrell —, traversa le toit du New York State Theater jusqu'au ciel étoilé, se déployant en un *port de bras* assez large pour embrasser les cieux scintillants, volant dans le meilleur *jeté* de l'univers jusqu'à…

✦

« Elle sourit », dit Bob Donovan avant même de savoir qu'il allait parler. Il baissa les yeux sur Anna endormie, belle jusqu'à l'irréel, n'était sa jambe prise dans ce gros plâtre vilain. Il se sentait idiot — *mais quoi, bordel* —, avec ses trois roses jaunes à la main.

« Les analgésiques font parfois ça, expliqua l'infirmière. Je crains que vous ne puissiez rester, monsieur Donovan. »

---

(3). Toutes les expressions en italique liées à la danse sont en français dans le texte.

Il lui jeta un regard noir. Pour la forme. Cette infirmière-*là* n'était pas méchante. Pas comme certaines. Peut-être parce qu'elle n'était pas née non plus de la dernière pluie. *Encore quelques années, frangine, et tu seras avec nous.*

« Donnez-lui ça, d'accord ? »

Bob tendit le bouquet à l'infirmière, qui acquiesça. Puis il quitta les lieux et leur relent médicamenteux — cette odeur l'insupportait — pour gagner l'ascenseur. Bon Dieu, quel vieil imbécile il faisait. D'après cette grosse fouine d'Evelyn Krenchnoted, Anna Chernov avait été danseuse dans quelque endroit huppé de New York, l'Abraham Center ou un truc dans le genre. Elle avait été célèbre. Evelyn se trompait peut-être, mais quelle importance. Dès l'instant où ses yeux s'étaient posés sur Anna Chernov, Bob avait voulu lui offrir des cadeaux. Fleurs. Bijoux. Tout ce qu'elle désirait, tout ce qu'il possédait. Être aussi stupide, aussi cramé du bulbe à son âge ? Pas croyable !

Il descendit au rez-de-chaussée, marcha d'un pas aussi raide que furieux à travers le hall d'entrée jusqu'à la porte latérale, vers le « jardin du souvenir » — un nom idiot, *new-age* à souhait. Bob voulait cogner, il voulait crier…

L'énergie le traversa, de la base de sa colonne vertébrale jusqu'à son cerveau, douce mais précise, comme s'il s'était pris un coup de jus avec un grille-pain détraqué. Puis plus rien.

*Bordel, c'était quoi, ça ?* Comment se sentait-il ? S'il venait à tomber, comme Anna…

Tout allait bien. Ses os n'avaient rien de comparable à la délicate ossature d'Anna. Quoi que ce fût, c'était passé. Un de ces trucs de vieux.

✦

À l'étage des soins palliatifs de Saint Sebastian, une femme n'ayant plus qu'une poignée de jours à vivre marmonnait dans son long et ultime demi-sommeil. Une intraveineuse de morphine facilitait le passage. Personne n'écoutait plus ses marmottages insensés depuis des années. Un instant, elle se tut et écarquilla des yeux, à nouveau vifs sur ce visage autrefois joli. Un instant seulement. Puis elle ferma les paupières et reprit ses grommellements ineptes.

✦

Sur un marché de Tijuana, un vieil homme encore vert était assis derrière l'étal de son fils proposant à bas prix des sarapes aux *touristos* bavards. Il tendit soudain le visage vers le soleil. Sa bouche, où luisaient encore toutes ses dents, forma un large « O ».

✦

À Bombay, une veuve vêtue de blanc regardait les rues grouillant de monde par la fenêtre. Son visage se fit soudain aussi pâle que son sari.

✦

À Chengdu, dans la salle de méditation au sol lisse du vieux monastère Wenshu, un moine sur son coussin brisa le silence sacré d'un rire choqué, étonné.

## 2.

Assise dans le fond de la salle de classe du Dr Erdmann, Carrie Vesey avait des envies de meurtre.

Pas qu'elle en commette jamais un, bien sûr. Tuer, c'était mal. S'emparer d'une vie l'emplissait d'une horreur à peine…

*Les graines de ricin sont un poison mortel.*

… dépassée par la vision quotidienne de personnes âgées s'accrochant à la vie. Elle savait aussi…

*Son demi-frère lui avait montré un jour comment desserrer les freins d'une voiture.*

… qu'elle n'était pas du genre à résoudre les problèmes de manière aussi drastique. De toute façon, son…

*Les jurés acquittent souvent les femmes battues.*

… avocat affirmait que des traces écrites, comme des ordonnances de non-communication ou des rapports d'urgence, étaient de loin le meilleur moyen de…

*Si un type s'évanouit après une douzaine de bières, il ne sentira jamais une balle tirée de son arme de service.*

… mettre légalement Jim derrière les barreaux. Cela « résoudrait le problème », d'après les propres mots de son avocat, comme si un œil tuméfié, un bras cassé et des menaces constantes qui la terrorisaient, y compris quand Jim ne se trouvait pas dans la même ville qu'elle, constituaient des « problèmes » théoriques pareils à ceux que le Dr Erdmann soumettait à ses étudiants.

Assis sur son bureau, face aux élèves, ce dernier parlait d'un truc appelé « condensat de Bose-Einstein ». Carrie ignorait de quoi il s'agissait et s'en fichait bien. Elle aimait juste être là, tranquille, au fond de la classe. Les étudiants en physique, neuf garçons et deux filles, ne s'intéressaient pas le moins du monde à sa présence, à son œil au beurre noir ou à sa prétendue beauté. Le Dr Erdmann focalisait l'essentiel de leur attention de geeks, chose incroyablement reposante. Carrie essayait — sans succès, elle le savait — de dissimuler ses attraits. Son apparence ne lui avait toujours valu que des ennuis : Gary, Eric, Jim. Elle portait dorénavant des survêtements, évitait tout maquillage et fourrait ses cheveux couleur or 24 carats sous un chapeau informe. Si elle avait été aussi intelligente que ces étudiants, peut-être aurait-elle su choisir différemment ses petits amis ? Sauf que ce n'était pas le cas. Ainsi la salle de classe du Dr Erdmann lui tenait-elle lieu de refuge. Plus encore que Saint Sebastian, où Jim avait pris soin de son œil…

Carrie supposait qu'il était arrivé par la porte de livraison ; il l'avait coincée dans la réserve de linges avant de s'éclipser après son coup de poing. Elle avait appelé son avocat, qui lui avait rétorqué, exaspéré, qu'il ne pouvait rien faire faute de témoins et parce que l'hospice possédait une « sécurité ». Ce serait sa parole contre celle de Jim. Il lui faudrait *prouver* que l'ordonnance de non-communication avait été violée.

Le Dr Erdmann parlait de « preuves », lui aussi : une quelconque preuve mathématique. Au lycée, Carrie se débrouillait plutôt bien en maths. À en croire le vieil homme, elle n'avait étudié que « l'arithmétique », pas les « mathématiques ».

« Pourquoi n'es-tu jamais allée à l'université ? avait-il demandé.

– Manque d'argent », avait-elle répondu d'un ton sous-tendant que mieux valait éviter de creuser la question. Évoquer son père, son alcoolisme, les dettes, les demi-frères abusifs, était au-dessus de ses forces ; le Dr Erdmann n'avait pas insisté. Un homme sensible.

Observant sa silhouette haute et voûtée perchée sur le bureau, le déambulateur à portée de main, Carrie se laisser aller à rêver que le Dr Erdmann — Henry — soit âgé de cinquante ans de moins. Quarante contre vingt-huit, ça irait. Elle avait trouvé sur l'internet une photo de lui à cet âge, lorsqu'il travaillait dans un endroit appelé le Lawrence Radiation Laboratory. Un homme bien mis aux cheveux noirs, souriant face à l'objectif en compagnie de sa femme, Ida. Celle-ci n'était pas aussi belle que Carrie. Mais elle avait fait des études. De telle sorte que même si Carrie était née à l'époque, elle n'aurait eu aucune chance. Comme d'hab.

« … des questions ? » concluait Erdmann.

Comme toujours, les étudiants crièrent pour se faire entendre sans lever la main, s'interrompant les uns les autres. Mais quand leur professeur prit la parole, ils se turent aussitôt. L'un d'eux écrivit des équations au tableau. Erdmann tourna sa frêle silhouette pour les examiner. La discussion dura longtemps, presque autant que le cours. Carrie s'assoupit.

Elle s'éveilla quand le vieil homme, appuyé sur son déambulateur, lui toucha gentiment l'épaule en prononçant son nom.

« Oh ! Oh, je suis désolée.

– Mais non. Nous t'avons fait mourir d'ennui, ma pauvre.

– Non ! J'ai adoré. »

Erdmann fronça les sourcils et Carrie se sentit envahie par la honte ; il était convaincu qu'elle proférait un mensonge poli, ce pour quoi il n'éprouvait que mépris. Sauf qu'elle adorait *vraiment* être là.

Dehors, la nuit était tombée. La pluie automnale avait cessé, et la terre obscure dégageait cette mystérieuse et fertile odeur de feuilles humides. Carrie aida Erdmann à entrer dans sa vieille Toyota avant de se glisser derrière le volant. Alors qu'ils se dirigeaient vers Saint Sebastian, elle constata l'épuisement du professeur. Ses étudiants lui en demandaient trop ! C'était bien assez qu'il donne un cours hebdomadaire à une classe de prépa, partageant son savoir sans compter, sans que ses élèves réclament en plus qu'il…

« Docteur Erdmann ? »

Un instant terrible et interminable, Carrie crut qu'il était mort. Sa tête retombait sur le siège, mais il ne dormait pas : ses yeux étaient révulsés. Elle braqua à droite et se gara en hâte contre le trottoir. Le professeur respirait toujours.

« Docteur Erdmann ? *Henry ?* »

Rien. Carrie fouilla son sac à main en quête de son mobile. Puis elle se souvint : presser le bouton d'alarme serait plus rapide. Elle ouvrit le veston du vieil homme en vain ; pas de bouton. Étouffant un sanglot, elle fouilla son sac de plus belle.

« Carrie ? »

La jeune femme heurta le plafonnier. Le vieil homme s'était redressé, silhouette indistincte. Son visage, pareil à un paysage fissuré, était pâle et hébété, ses pupilles dilatées.

« Que s'est-il passé ? Dites-moi… » Elle tâcha de garder un ton égal, d'observer le moindre détail, car il serait important de faire un rapport aussi complet que possible au Dr Jamison. Elle se rendit compte que sa main agrippait le veston du professeur. Ce dernier couvrit ses doigts des siens.

« Je… ne sais pas, fit-il d'une voix sidérée. J'étais… ailleurs ?

– Une attaque ? »

Tous craignaient cela. Pas la mort, mais l'incapacité, l'état d'extrême faiblesse. Et le Dr Erdmann et son esprit vif…

« Non, répondit-il avec détermination. Autre chose. Tu as déjà appelé les urgences ? »

Le téléphone reposait, inerte, dans la main de la jeune femme. « Pas encore, je n'ai pas eu le temps…

– Alors ne le fais pas. Ramène-moi.

– D'accord, mais vous voyez un docteur dès que nous arrivons. »

En dépit de tout le reste, son ton ferme lui sembla convaincant.

« Il est dix-neuf heures trente. Ils sont tous rentrés chez eux. »

Pas tous. Dès que Carrie pénétra dans le hall, elle vit un homme en blouse blanche patientant près des ascenseurs. « Attendez ! » s'exclama-t-elle, assez fort pour que plusieurs personnes tournent la tête — des visiteurs du soir, des patients, et une infirmière inconnue de la jeune femme. Carrie ne connaissait pas davantage l'homme qu'elle interpellait, mais elle se précipita vers lui, laissant Erdmann à l'entrée du hall appuyé sur son déambulateur.

« Vous êtes médecin ? Je m'appelle Carrie Vesey et je ramenais le Dr Erdmann — c'est un patient, Henry Erdmann, pas un médecin — quand il a eu une sorte d'attaque, il semble en forme maintenant mais quelqu'un doit l'examiner, il dit…

– Je ne suis pas médecin », répondit l'homme, et elle le dévisagea avec désarroi. « Je suis chercheur en neurosciences.

– À cette heure, reprit Carrie, on n'aura pas mieux que vous ! S'il vous plaît, examinez-le ! »

Elle tourna les talons, étonnée de sa propre audace, constatant non sans satisfaction que l'inconnu lui emboitait le pas comme elle retournait vers le vieil homme. Ce dernier pestait, détestant ce genre de tracas, mais le neurologue ignora ses récriminations.

« Docteur Erdmann ? Je m'appelle Jake DiBella, dit-il avec amabilité. Voulez-vous bien me suivre, monsieur ? »

Il prit la direction d'un couloir latéral sans attendre de réponse ; Carrie et Erdmann le suivirent comme le ferait n'importe qui, mais des gens continuaient à les observer. *Circulez, y a rien à voir…* Pourquoi restaient-ils ainsi à épier ? Pourquoi se comportaient-ils tous comme des goules ?

Ce n'était pas le cas, naturellement. Mais Carrie n'avait d'autre choix que de laisser s'exprimer sa propre peur.

*Tu accordes trop facilement ta confiance*, lui avait dit le Dr Erdmann la semaine passée.

Le vieil homme s'assit avec lourdeur sur l'une des trois chaises pliantes en métal d'une petite pièce au premier étage. Outre les sièges, une vilaine commode grise et un bureau métallique à l'avenant constituaient l'ensemble du mobilier de la salle. Sensible aux intérieurs soignés, Carrie ne put retenir un pincement de lèvres, ce que remarqua DiBella.

« Je ne suis là que depuis quelques jours, s'excusa-t-il. Pas encore eu le temps de m'installer correctement. Docteur Erdmann, pouvez-vous me dire ce qu'il y a eu ?

– Rien. » Il arborait son regard hautain. « Je me suis assoupi un instant et Carrie s'est alarmée. Vraiment, rien qui justifie ce tapage.

– Vous vous êtes assoupi.

– Oui.

– D'accord. Cela vous est-il déjà arrivé ? »

Est-ce que le Dr Erdmann avait hésité, même un instant ?

« Oui, à l'occasion. J'ai tout de même quatre-vingt-dix ans. »

DiBella hocha la tête, apparemment satisfait. Il s'adressa à Carrie : « Et pour vous ? Ça s'est produit en même temps que le Dr Erdmann s'endormait ? »

Son œil… Voilà ce que les gens regardaient dans le hall. Son inquiétude pour le vieil homme avait éclipsé son cocard, mais ce dernier se mit à pulser de douleur. Elle se sentit rougir.

« Non, pas en même temps, répondit Erdmann. Ce n'était pas un accident de voiture, si c'est ce que vous suggérez. Pas de rapport avec l'œil de Carrie.

– Je suis tombée », dit-elle tout en sachant que personne ne la croyait. Elle releva la tête.

« Entendu, concéda DiBella. Mais tant que vous êtes là, j'aimerais bénéficier de votre concours. Le vôtre, et celui de tout autre volontaire à qui je pourrais faire appel à Saint Sebastian. Je suis ici grâce à une bourse de la fondation Gates, en tandem avec l'université Johns Hopkins, afin de cartographier les changements dans l'électrochimie du cerveau lors de l'excitation cérébrale. Je demande aux volontaires de donner un peu de leur temps pour passer des scanners cérébraux, indolores, pendant qu'ils regardent diverses images et vidéos. Votre participation serait d'une grande aide pour la science… »

Malgré le mot magique « science », Carrie réalisa que Erdmann s'apprêtait à refuser. Toutefois, ce dernier hasarda : « Quel type de scanners cérébraux ?

– Asher-Peyton et IRM fonctionnelle.

– D'accord. J'y participerai. »

Carrie cilla. Voilà qui ne ressemblait guère au Dr Erdmann, lui qui considérait pour seules « vraies » sciences la physique et l'astronomie, reléguant le reste au rang de rejetons illégitimes, et ce dans le meilleur des cas. Le Dr

DiBella semblait décidé à ne pas laisser s'enfuir son cobaye.

« Excellent ! s'exclama-t-il vivement. Demain matin, onze heures, labo 6B. Mademoiselle Vesey, vous pourrez l'amener ? Vous êtes une proche du docteur ?

– Non, je suis aide-soignante ici. Appelez-moi Carrie. Mais vous pouvez compter sur moi. »

Le mercredi, elle ne s'occupait pas d'Erdmann, mais elle demanderait à Marie de changer les emplois du temps.

« Très bien. Quant à moi, c'est Jake. »

Il lui sourit, et quelque chose bascula dans la poitrine de la jeune femme. DiBella n'était pas seulement séduisant, avec ses cheveux noirs, ses yeux gris et sa solide carrure ; il possédait aussi cette confiance toute masculine, une certaine manière d'être… et rien à l'annulaire. *Idiote.* Son sourire n'était pas spécialement chaleureux, juste professionnel. Allait-elle toujours considérer chaque homme qu'elle croisait comme un parti potentiel ? Manquait-elle à ce point d'affection ?

Sans doute. Mais ce gars-là n'était pas intéressé. Et de toute façon, c'était un chercheur cultivé, éduqué, et elle, elle n'était rien d'autre qu'une smicarde. Quelle idiote, *vraiment.*

Elle raccompagna le Dr Erdmann à son appartement et lui souhaita bonne nuit. Le vieil homme semblait distant, préoccupé. Alors que l'ascenseur la ramenait au rez-de-chaussée, une vague de mélancolie la traversa. Ce qu'elle aurait voulu, c'était rester chez le Dr Erdmann, regarder la télé et s'endormir sur le canapé, se réveiller et préparer son café, avoir quelqu'un à qui parler. Pas retourner dans son appartement minable lourdement sécurisé contre Jim, mais pas assez pour se sentir en paix. Elle aurait préféré rester là, oui, dans cet hospice. Une envie qui la faisait hésiter quant aux conclusions à en tirer sur l'état actuel de sa propre vie de manière générale, entre tristesse et perversion…

Mais qu'était-il arrivé au Dr Erdmann sur le chemin du retour ?

# 3.

Cela faisait deux fois, maintenant. Depuis son lit, incapable de trouver le sommeil, Henry se demandait ce qui pouvait bien se passer dans son cerveau, un organe sur lequel il comptait depuis toujours. Ses genoux avaient succombé à l'arthrite, son appareil auditif réclamait des ajustements constants, et sa prostate abritait un cancer au développement si lent que, à en croire son médecin, un autre déraillement physique quelconque aurait bien le temps de le tuer avant — c'était l'idée que se faisait le corps médical d'une bonne nouvelle. Mais son cerveau restait clair, et s'en servir efficacement avait de tout temps constitué le plus grand plaisir d'Henry. Plus que le sexe, la bonne chère et son mariage avec Ida. Plus, oui, que son amour envers elle.

Bon Dieu, toutes ces choses que l'âge vous fait admettre…

À quand remontaient ses meilleures années ? Aucun doute : à Los Alamos, lorsqu'il travaillait sur l'Opération Ivy avec Ulam, Teller, Carson Mark et les autres. L'excitation, la frustration, l'émoi à développer la « Saucisse », le premier test d'une implosion artificielle par radiation. Le jour de la détonation à Eniwetok. Henry, jeune membre de l'équipe, était bien sûr absent de l'atoll, mais il avait attendu avec impatience les résultats de Bogon. Il se souvenait de sa joie intense quand Teller, relevant les ondes de choc sur un sismographe californien, avait envoyé ce télégramme de quatre mots à Los Alamos : « C'est un garçon. » Harry Truman lui-même avait réclamé cette bombe — « pour s'assurer que notre pays soit capable de se défendre contre n'importe quel agresseur » —, et Henry était fier de son travail.

Ondes de choc. Voilà précisément ce à quoi les deux incidents de la journée avaient ressemblé : des ondes de choc cérébrales. Une petite dans son appartement, une plus grande dans la voiture de Carrie. Mais qu'est-ce qui les causait ? Peut-être une défaillance de son système nerveux, ce qu'il craignait plus que tout, plus que la mort. Pour sûr, enseigner la physique à des étudiants n'avait que peu de rapport avec son travail à Los Alamos ou Livermore, et même si la plupart d'entre eux étaient des abrutis — Haldane excepté —, Henry appréciait cette activité. L'enseignement, en plus de la lecture des journaux et le suivi des listes de diffusion, restait son lien avec la physique. Si une « onde de choc » neurologique ébranlait son cerveau…

Il fallut beaucoup de temps à Henry pour enfin s'endormir.

✦

« Oh mon Dieu, ma chérie, mais qu'est-il arrivé à ton œil ? »

Evelyn Krenchnoted et son amie, Gina Machin-Chose, étaient assises dans la petite salle d'attente du Dr Jamison. Henry les fusilla du regard : lâcher un tel commentaire et embarrasser la pauvre Carrie était typique d'Evelyn. Cette Krenchnoted s'avérait la commère la plus dépourvue de tact que Henry ait jamais croisée, et Dieu sait qu'il avait connu son lot de physiciens, une engeance peu réputée pour sa délicatesse. Mais au moins les physiciens versaient-ils assez peu dans le commérage outrancier.

« Ça va… Je me suis pris une porte, dit Carrie en essayant de sourire.

– Oh, mon cœur, comment tu as fait ton compte ? Tu devrais en parler au docteur. Je suis sûre qu'il pourra t'accorder quelques minutes, même s'il est débordé. Je n'ai pas pris de rendez-vous aujourd'hui, mais il m'a dit qu'il me caserait quelque part car une chose étrange s'est passée hier dont je voudrais lui parler. Sauf qu'il est en retard de cinq minutes sur l'horaire, mais tu devrais passer après ça, il a déjà vu Gina et elle… »

Henry s'assit et cessa d'écouter. Les bruitages d'Evelyn persistèrent néanmoins, lamentations pareilles à la roulette du dentiste. Il l'imagina à Eniwetok, projetée dans les airs par un champignon atomique, toujours à bavasser. Ce fut un soulagement quand la porte du cabinet s'ouvrit, laissant sortir une femme, un livre en main.

Bien qu'il l'ait déjà vue, Henry ignorait son nom. À la différence des vieilles chouettes de l'hospice, la nouvelle venue valait le coup d'œil. Certes, avec ses soixante-dix ans révolus, elle ne pouvait lutter face à la jeune et radieuse beauté de Carrie, néanmoins, il émanait d'elle une grâce et une tenue indéniables. Ses cheveux blancs retombaient en vagues simples sur ses épaules ; ses pommettes et ses yeux bleus ne manquaient pas d'attraits.

Restaient malgré tout ses vêtements, qui rappelaient à Henry tous ces contestataires aussi stupides que puérils des années 50 et 60 : elle portait un t-shirt blanc, une longue jupe paysanne en coton, un collier de perles et de coquillages, et sept bracelets compliqués.

« Erin ! s'écria Evelyn. Comment s'est passé ton rendez-vous ? Tout va bien ?

– Tout va bien. Rien de plus qu'un bilan de santé. »

L'interpellée eut un sourire vague et s'éloigna. Henry s'efforça de lire le titre de son livre : *Tao Te King*. Une onde de déception le parcourut. *Encore une illuminée…*

« Mais tu n'avais pas rendez-vous pour un bilan, non ? Pas plus que moi. Que s'est-il passé qui… »

Sourire figé, Erin vida les lieux sans répondre.

« Ça alors, quelle impolitesse ! Tu as vu ça, Gina ? On essaie d'être aimable et voilà comment…

– Madame Krenchnoted ? fit l'infirmière en passant sa tête dans l'embrasure du cabinet. Le docteur va vous recevoir. »

Evelyn se dirigea d'un pas lourd vers la porte sans cesser de maugréer.

« Comment M. Krenchnoted a-t-il pu résister à ça ? » demanda Henry dans le silence béni qui suivit le départ de la commère. Carrie gloussa, désignant Gina d'un coup de menton, mais celle-ci s'était assoupie sur son siège, ce qui expliquait au moins comment elle supportait Evelyn.

« Je suis contente que vous ayez ce rendez-vous, docteur, dit la jeune femme. Vous *penserez* à lui parler de ce qui s'est passé dans la voiture, n'est-ce pas ?

– Oui.

– Promis ?

– *Oui.* »

Pourquoi toutes les femmes, y compris la gentille Carrie, insistaient-elles à ce point sur les visites médicales ? Certes, les médecins ne manquaient pas d'utilité pour fournir des pilules à même de maintenir la machine en marche. Mais Henry estimait malgré tout qu'on devait voir un praticien quand il le fallait, à savoir quand on allait mal. À vrai dire, il avait oublié ce bilan de santé — pourtant régulier — jusqu'à ce que, le matin même, Carrie remarque que cela tombait au mieux, et ce juste une heure avant le rendez-vous avec le Dr DiBella au labo de l'hôpital. En temps normal, Henry aurait refusé tout net de s'y rendre, mais il tenait à évoquer au Dr Jamison cet incident dans la voiture.

Il était possible que, pour une fois, cette idiote d'Evelyn ait raison.

« Carrie, tu devrais peut-être en profiter pour faire examiner ton œil.

– Non, ça va.

– Est-ce que Jim a appelé, ou est venu te voir depuis…

– Non. »

Elle ne souhaitait pas en parler. Par gêne, sûrement. Henry respectait sa réticence. En silence, il prépara ses questions pour Jamison.

Mais après que Henry fut admis dans le cabinet, laissant Carrie dans la salle d'attente, et après qu'il eut subi cette satanée mesure de pression artérielle, pissé dans un bocal et enfilé cette ridicule tenue en papier, ce ne fut pas Jamison qui entra dans la pièce, mais un jeune homme en blouse blanche, presque un adolescent, brusque et autoritaire.

« Je suis le docteur Felton, Henry. Comment va-t-on aujourd'hui ? »

Le nouveau venu examina le dossier médical sans un coup d'œil pour le vieillard, qui grinça des dents.

« Vous le savez mieux que moi, je suppose.

– Un peu grognon ? Votre transit se passe bien ?

– Mes intestins vont bien, merci de vous en inquiéter. »

Felton dévisagea froidement Henry.

« Je vais vous ausculter. Toussez quand je vous le dirai. »

Et Henry sut qu'il ne pourrait pas. Si ce gamin l'avait réprimandé — « *Le sarcasme n'a pas lieu d'être par ici* » —, ça aurait au moins constitué une forme de réponse. Mais cette fin de non-recevoir brutale, cette attitude, comme s'il était un bébé ou un imbécile… Henry ne pouvait pas parler à ce gosse insensible de l'incident en voiture, de ses craintes concernant son cerveau. Coopérer avec Felton ne pourrait s'avérer que dégradant. *Peut-être* que DiBella se montrerait plus à l'écoute, même s'il n'était pas un généraliste.

Un toubib en moins ; plus qu'un à venir.

✦

DiBella était plus à l'écoute. À défaut d'être organisé.

« Ah, docteur Erdmann, Carrie, bienvenue, leur dit-il quand ils arrivèrent au Redborn Memorial Hospital. Je crains qu'il y ait eu confusion avec le service d'imagerie médicale. J'avais réservé l'IRMf pour vous, ou je croyais l'avoir fait, mais ils l'ont annulé, semble-t-il. Nous pouvons faire le scanner Asher-Peyton, mais pas l'imagerie profonde. Désolé, je… »

Il haussa ses épaules en signe d'impuissance, passant sa main dans ses cheveux. Les lèvres de Carrie se pincèrent jusqu'à former une mince ligne.

« Le Dr Erdmann a fait tout ce trajet pour votre IRM, docteur DiBella.

– Jake, s'il vous plaît… Je sais. Et nous pouvons effectuer le scanner Asher-Peyton à Saint Sebastian. Je suis vraiment navré. »

Carrie ne s'adoucit pas. Si Henry se surprenait souvent à constater combien la jeune femme défendait ses protégés, elle se montrait tout de même d'une dureté inhabituelle envers le jeune praticien.

« On se revoit donc à Saint Sebastian tout à l'heure », dit humblement ce dernier.

✦

DiBella fixa des électrodes sur la nuque et le crâne de Henry, plaça un casque sur l'ensemble puis s'assit derrière un ordinateur dont le vieil homme ne pouvait distinguer l'écran. La lumière se tamisa, et des images défilèrent, projetées sur le mur blanc : un gâteau au chocolat, un balai, une voiture, un bureau, un verre… Cinquante ou soixante clichés. Henry n'avait rien à faire, sinon rester assis et s'ennuyer de plus en plus. Les photos finirent par devenir plus connotées : instantanés d'une maison en feu, d'un champ de bataille, d'un homme embrassant un enfant, de Rita Hayworth. Henry eut un petit rire.

« Je ne pensais pas que votre génération se souvenait encore de cette actrice.

– Ne parlez pas, s'il vous plaît. »

La session se poursuivit durant vingt minutes. Quand ce fut fini, DiBella retira le casque et les électrodes, avant de remercier chaleureusement Henry. Carrie rivait son regard sur le vieil homme.

Maintenant ou jamais.

« Docteur DiBella, dit enfin Henry, j'aimerais vous demander, ou plutôt vous raconter quelque chose. Un incident m'est arrivé hier… Par deux fois. »

Henry aimait le mot « incident », sa tonalité objective, explicable, comme un rapport de police.

« Bien sûr. Je vous écoute.

– La première fois, je me trouvais dans mon appartement ; la seconde, dans la voiture de Carrie. Le premier incident était ténu, mais le second bien plus prononcé. Les deux fois, j'ai ressenti quelque chose se mouvoir dans mon esprit, comme une sorte d'onde de choc, qui n'a laissé aucune séquelle hormis une légère fatigue. Mes capacités ne semblent pas altérées. J'espère que vous pourrez me dire de quoi il retourne. »

DiBella demeura immobile, une électrode pendant de sa main. Henry sentait l'odeur du gel visqueux sur l'objet.

« Comme je vous l'ai dit hier, je ne suis pas médecin. Vous devriez plutôt en parler à votre docteur à Saint Sebastian. »

Fâchée que Henry ne l'ait justement pas fait, Carrie intervint : « Dans la voiture, c'était comme s'il avait perdu conscience, ses yeux étaient révulsés.

– Mon médecin n'était pas disponible ce matin, et vous, vous l'êtes, fit Henry. Pouvez-vous juste me dire si cette expérience vous évoque une attaque.

– Racontez-moi à nouveau. »

Henry s'exécuta, et DiBella expliqua : « Un AIT — un mini-AVC — n'aurait pas provoqué une réaction aussi forte, et une attaque plus sérieuse, ischémique ou hémorragique, vous aurait laissé des troubles au minimum temporaires. C'est peut-être un événement cardiaque. Vous devriez passer un électrocardiogramme au plus vite. »

Le cœur, pas le cerveau. Eh bien, voilà qui était mieux… Quelque chose qui ressemblait à de la peur s'insinua néanmoins lentement le long de son échine, et Henry réalisa tout à coup combien son désir de vivre était impérieux, et tant pis pour les limites imposées à son existence. Il sourit avant d'acquiescer.

Depuis un bon quart de siècle, il savait que vieillir, ce n'était pas pour les mauviettes.

✦

Carrie se décommanda auprès des autres résidents dont elle avait la charge, les appelant chacun depuis son mobile pour prendre de leurs nouvelles, puis elle guida Henry à travers les interminables rituels hospitaliers qui suivirent — l'administration, le diagnostic et cette omniprésente procédure médicale qu'était l'attente. À la fin de la journée, le nonagénaire savait que son cœur était en bon état, que son cerveau ne montrait ni caillot ni hémorragie, et qu'il n'y avait aucune raison manifeste à ses syncopes. Tel était le terme dorénavant employé : syncope, peut-être due à un faible taux de glycémie. On lui avait programmé des tests de tolérance au glucose la semaine suivante. *Imbéciles.* Ce n'était en rien une syncope. C'était autre chose de bien spécifique.

Et cela recommença, à la fois pareil et différent.

Minuit approchait, et Henry reposait dans son lit, exténué. Pour le coup, pensa-t-il, le sommeil ne se ferait pas désirer. Et pourtant… Puis, d'un coup, il fut comme projeté hors de son esprit fourbu. Pas d'arrachement violent, pas d'yeux révulsés, cette fois. Soudain, il ne se trouvait plus dans l'obscurité de sa chambre, pas plus que dans son corps ou son esprit.

*Il dansait, les orteils tendus, planant loin au-dessus d'une scène au plancher lisse, sentait les muscles de son dos et de ses cuisses s'étirer alors qu'il s'asseyait en tailleur sur un épais coussin brodé de roulements à bille qui dévalait une chaîne de montage d'usine au milieu de soldats lui tirant dessus comme il se baissait…*

Fin.

Henry se redressa soudain, en sueur, dans les ténèbres. Il tâtonna à la recherche de la lampe de chevet, la manqua et la fit tomber de la table de nuit. Il n'avait jamais dansé sur une scène, brodé un coussin, travaillé dans une usine ou fait la guerre. Et il n'était pas endormi. Il ne s'agissait pas de rêves mais de souvenirs. Non, même pas des souvenirs, ils lui semblaient bien trop vifs. Des expériences, aussi frappantes que si elles se déroulaient précisément maintenant, et toutes en même temps. *Des expériences.* Mais pas les siennes.

La lampe brillait toujours. Laborieusement, il se pencha du lit pour s'en saisir. Alors qu'il la reposait sur la table de nuit, elle s'éteignit. Henry eut néanmoins le temps de remarquer que la lampe s'était débranchée lors de sa chute.

✦

*Le vaisseau s'agitait de plus en plus alors que s'élargissaient les déchirures dans l'espace-temps et les transitions de flop qui en découlaient. Chaque aspect de l'entité se tendait en avant, sautait à travers le flux de vide dans des sursauts de radiation apparaissant aux abords d'un système stellaire, puis d'un autre, et encore un, et enfin dans l'obscurité profonde et glacée où l'attraction des étoiles ne s'exerçait plus. Le vaisseau ne pouvait accélérer davantage sans détruire les systèmes environnants ou sa propre cohérence. Il fonçait autant que possible, projetant en éclaireur de rapides vrilles d'informations en intrication quantique. Plus vite, plus vite.*

*Mais pas assez.*

# 4.

Jeudi matin, l'esprit d'Henry lui semblait plus clair que jamais. Après un petit déjeuner très matinal, il s'assit à la table de sa cuisine pour corriger les devoirs de ses étudiants. Chaque appartement à Saint Sebastian possédait une kitchenette équipée, un séjour un peu plus grand, une chambre et une salle de bain. Des rambardes, des sols antidérapants, des couleurs un peu trop vives et des intercoms rappelaient aux résidents leur propre vieillesse — comme si, songeait Henry avec dédain, il y avait la moindre chance que quelqu'un l'oublie. Cependant, il se fichait de l'exiguïté de son logis ou de la surveillance que le lieu impliquait. Après tout, il avait pour ainsi dire grandi à Los Alamos, un endroit surpeuplé, délabré et paranoïaque ; l'essentiel de sa vie se déroulait dans sa tête depuis bien longtemps.

Pour chaque ensemble d'exercices aux réponses incomplètes — ce qui serait sûrement le cas de tous, excepté Haldane, bien que Julia Hernandez ait mis le doigt sur une approche mathématique intéressante —, Henry s'efforçait de suivre le raisonnement de l'étudiant, de déterminer la source de son erreur. Au bout d'une heure, il avait corrigé deux devoirs. Un avion vrombit dans le ciel invisible, quittant l'aéroport. Le vieil homme renonça, incapable de se concentrer.

La veille, dans la salle d'attente, cette horrible Evelyn Krenchnoted avait affirmé ne pas avoir de rendez-vous mais que le docteur « la caserait quelque part » parce qu'une « chose étrange s'était passée hier ». Elle avait également mentionné que la vieille hippie, Erin Quelque-chose, n'avait pas non plus de rendez-vous.

Une fois, lors d'une rencontre obligatoire entre les résidents en ambulatoire, Henry avait vu Evelyn faire de la broderie…

Anna Chernov, la célébrité de Saint Sebastian, avait été ballerine. Tout le monde savait cela…

Henry se sentit idiot, à suivre ce genre de pensées. Qu'allait-il supposer, une sorte de télépathie ? Aucune étude scientifique digne de ce nom n'avait jamais validé pareille hypothèse. Et durant ces trois années depuis son arrivée à l'hospice — années où Evelyn et Anna étaient déjà présentes —, il n'avait jamais éprouvé la moindre connivence envers l'une ou l'autre, ni même un quelconque intérêt.

Il tâcha de se replonger dans ses corrections.

La difficulté résidait dans ce double point de données : ses propres « incidents » et le soudain accroissement de rendez-vous médicaux imprévus, et aucun moyen de les relier ou d'en éliminer un. S'il pouvait être au moins sûr que les visites médicales d'Evelyn et Erin concernaient autre chose que des crises de folie, il redescendrait à une donnée unique. Un signifiait une anomalie. Deux, c'était un indicateur de… quelque chose.

Ce jour-là, Carrie n'assistait pas Henry. Il se dressa à l'aide de son déambulateur, se dirigea lentement vers son bureau et sortit l'annuaire des résidents. Evelyn semblait ne pas posséder de mobile ni d'adresse email. Surprenant. Surtout de la part d'une telle commère, qu'il imaginait avide de recourir à autant de moyens que possible pour importuner les gens. Au bout de plusieurs décennies, certains résidents de Saint Sebastian demeuraient méfiants vis-à-vis des technologies avec lesquelles ils n'avaient pas grandi. *Imbéciles*, pensa Henry, qui se souvenait du jour où il avait parcouru plus de six cents kilomètres pour acquérir l'un des premiers PC, un kit primitif à monter soi-même. Il nota le numéro d'appartement d'Evelyn et clopina jusqu'aux ascenseurs.

« Oh, Henry Erdmann ! s'écria Evelyn. Entrez ! Entrez ! »

Elle semblait étonnée, et avait tout lieu de l'être. Et — *bon Dieu !* — derrière elle se trouvait un aréopage de femmes, leurs chaises serrées les unes contre les unes comme des molécules sous une presse hydraulique, toutes cousant des pièces de tissus colorés.

« Je ne veux pas déranger votre…

– C'est seulement les Lutins de Noël ! s'exclama Evelyn. Nous prenons de l'avance pour la banderole murale des vacances. L'ancienne est si usée. »

Henry ne se souvenait pas d'une banderole dans le hall d'accueil — n'était cette carpette aussi disgracieuse que criarde figurant un Père Noël tendant des bébés à des anges gardiens chevelus évoquant des cotons-tiges.

« Pas grave, c'est sans importance.

– Mais entrez donc. Nous parlions de ce merveilleux collier qu'Anna Chernov abrite dans son coffre, un collier offert par le tsar en personne, mais peut-être en savez-vous…

– Non, je n'ai aucune information à ce…

– Mais si vous…

– Je vous appellerai plus tard », fit Henry, désespéré.

À sa grande horreur, Evelyn baissa les yeux et murmura quelque chose qui évoquait un « D'accord, Henry », tandis que les autres femmes gloussaient dans son dos. Il battit en retraite dans le couloir.

Le vieil homme s'interrogeait sur la manière de dénicher le nom de famille d'Erin, quand celle-ci sortit d'une cabine d'ascenseur.

« Excusez-moi ! l'appela-t-il de l'autre bout du couloir. Puis-je vous parler un instant ? »

L'interpellée se dirigea vers lui, un livre en main, affichant un air curieux mais réservé.

« Oui ?

– Je m'appelle Henry Erdmann. J'aimerais vous poser ce qui vous semblera une étrange question. Pardonnez-moi par avance, mais croyez bien que j'ai une excellente raison de vous la poser. Hier, vous avez eu un rendez-vous non planifié avec le Dr Felton ? »

Les yeux d'Erin brillèrent d'intérêt. « Oui…

– La raison de votre visite avait-elle quelque rapport avec une sorte de… d'expérience mentale ? Une petite attaque ou un trouble mémoriel, peut-être… »

La main ornée de bracelets d'Erin se crispa sur le livre. Surpris, il nota qu'il s'agissait aujourd'hui d'un roman.

« Il faut que nous parlions », déclara la vieille femme.

✦

« Je n'y crois pas. Désolé, madame Bass, mais pour moi ce sont des âneries. »

Elle haussa les épaules, un lent mouvement de sa fine ossature sous sa blouse paysanne. Sa longue jupe aux motifs imprimés, fleurs jaunes sur fond noir, s'étalait jusqu'au sol. L'appartement était à l'image d'Erin : des morceaux de tissu accrochés au mur, un rideau de perles en guise de porte pour la chambre, des statues hindoues, des pyramides de cristal et des couvertures navajos. Henry n'aimait pas l'éclectisme et la puérilité du décor, même s'il se sentait envahi par la gratitude. Cette femme l'avait libéré. Même si son avis sur les « incidents » lui semblait stupide, aussi stupide, en fait, que les autres opinions qu'il avait lui-même émises et qui y ressemblaient.

« Il y a une énergie dans l'univers en tant que tout, avait-elle affirmé. Quand vous cessez de résister au flux de la vie et abandonnez la cupidité du *trishna*, vous vous éveillez à cette énergie. Vous avez, comme on dit, une expérience extracorporelle, qui active le karma accumulé depuis les vies antérieures et le fusionne en une unique illumination transcendante. »

Henry n'avait eu aucune illumination transcendante. Et il connaissait fort bien les énergies de l'univers : la radiation électromagnétique, la gravité, les forces nucléaires faible et forte, et aucune d'entre elles ne possédait de karma. Il ne croyait pas en la réincarnation, pas plus qu'aux phénomènes de décorporation. Lors de ses trois « incidents », il n'avait rien ressenti de tel, n'était parti nulle part… À l'inverse, des esprits avaient paru s'introduire en… C'était absurde, une aberration d'un cerveau dont les synapses, les axones, les dendrites et les vésicules vieillissaient, tout simplement.

Il saisit son déambulateur et entreprit de se lever.

« Merci quand même, madame Bass. Au revoir.

– Erin, je vous en prie. Vous êtes sûr que vous ne voulez pas un peu de thé vert avant de partir ?

– Certain. Prenez soin de vous. »

Il atteignait la porte quand Erin prononça, l'air de rien ou presque : « Oh, Henry. Quand j'ai eu ma propre expérience extracorporelle mardi soir, je n'étais pas seule dans mon état d'éveil… Avez-vous déjà eu un lien avec — je sais que ça peut paraître bizarre — une lumière qui, d'une certaine manière, brille plus fort que plusieurs soleils ? »

Henry se retourna et la dévisagea.

✦

« Cela va durer environ vingt minutes », déclara DiBella alors que Henry glissait dans le scanner IRM. Il avait déjà subi cette procédure et détestait toujours autant la sensation d'être enfermé dans un tube guère plus large qu'un cercueil. Il savait que certaines personnes ne le supportaient pas. Mais qu'il soit damné s'il abdiquait jamais face à une machine. Et de toute façon, le tube ne l'enfermait pas entièrement, étant ouvert au fond. Donc, le vieil homme serra les dents, baissa les paupières et laissa le scanner gober son corps sanglé.

« Tout va bien, docteur Erdmann ?

– Ça va.

– Bien. Excellent. Tâchez de vous détendre… »

À sa grande surprise, il y parvint. Tout semblait si lointain à l'intérieur de ce tube. Quand on le sortit de l'appareil vingt minutes plus tard, à vrai dire, il somnolait presque.

« Tout vous paraît normal ? demanda-t-il à DiBella, le souffle court.

– Tout à fait, répondit le scientifique. Et merci, c'est un point de comparaison pour mon analyse. La prochaine IRM aura lieu immédiatement après que vous aurez visionné un film de dix minutes. Je l'ai prévue dans sept jours.

– Très bien. »

*Normal.* Son cerveau s'avérait en bon état, et cette bizarrerie était finie. Soulagé, il se sentit gagné par l'allégresse.

« Je suis ravi de vous aider dans votre projet, docteur. Quel est son sujet précis, déjà ?

– Les motifs d'activité cérébrale chez les personnes âgées. Vous rendez-vous compte, docteur Erdmann, que la population des plus de soixante-cinq ans est celle qui augmente le plus au monde ? Et qu'on dépasse les cent quarante millions d'octogénaires ? »

Henry l'ignorait et s'en fichait. L'aide-soignant de Saint Sebastian, un jeune homme renfrogné dont il avait mal saisi le nom, l'aida à se remettre sur pied.

« Où est Carrie aujourd'hui ? demanda DiBella.

– Elle n'est pas avec moi le jeudi.

– Ah… » DiBella ne paraissait pas intéressé, et préparait déjà ses écrans pour le volontaire suivant. Il avait expliqué à Henry que le timing de l'IRM était serré, l'appareil devant être partagé entre les différents services.

L'aide-soignant — Darryl ? Darrin ? Dustin ? — ramena le nonagénaire à Saint Sebastian, et le laissa seul gagner l'étage. Dans son appartement, Henry s'assit avec peine sur le canapé. Une sieste de quelques minutes, voilà ce dont il avait besoin. Dorénavant, même une courte excursion l'épuisait — et ça aurait été mieux si Carrie avait été là ; elle prenait toujours bien soin de lui, cette adorable jeune femme. Si Ida et lui avaient eu des enfants, il aurait voulu qu'ils ressemblent à Carrie. Si cet enfoiré de Jim Peltier essayait encore de…

La foudre le frappa.

Henry cria. Cette fois, cela faisait *mal*, brûlant l'intérieur de son crâne, sa moelle épinière jusqu'à son coccyx. Ni danse ni broderie ni méditation — et pourtant, d'autres étaient présents, pas en tant qu'individus mais comme une sensation collective, une douleur partagée aggravant la sienne en la mutualisant. Il ne pouvait pas le supporter, il allait mourir, c'était la fin de…

La douleur disparut, s'évanouit aussi vite qu'elle était arrivée mais laissa Henry meurtri de l'intérieur, pulsant comme si son cerveau avait subi une extraction dentaire.

Saisi de nausées, il eut juste le temps de tourner son corps douloureux au-dessus de l'accoudoir du canapé pour vomir sur le tapis.

Ses doigts fouillèrent dans la poche de son pantalon à la recherche du bouton d'alarme — Carrie insistait pour qu'il le garde sur lui. Quand il l'eut trouvé, il le pressa avant de perdre conscience.

## 5.

Carrie rentra de bonne heure. Ses jeudis après-midi étaient consacrés à Mme Lopez, mais la petite-fille de cette dernière avait débarqué sans prévenir. L'aide-soignante soupçonnait Vicky Lopez d'avoir encore besoin d'argent — elle ne se pointait à Saint Sebastian qu'en ces occasions-là —, mais après tout, ça n'était pas ses oignons. Mme Lopez avait déclaré d'un ton enjoué que sa petite-fille pouvait l'emmener faire les magasins, et Vicky avait acquiescé, l'air cupide ; aussi Carrie était-elle rentrée chez elle.

Si elle avait eu la chance d'avoir une grand-mère — ou autre chose que ses bons à rien de demi-frères en Californie —, elle l'aurait traitée bien mieux que Vicky, cette fille aux jeans griffés, aux pulls en cachemire et à la carte de crédit endettée. Sauf que Carrie n'aurait pas voulu de Mme Lopez comme grand-mère, qui la considérait comme une bonniche négligée.

Évidemment qu'elle *était* une bonniche. Le jour où elle avait plaqué Jim, ce poste d'aide-soignante était le premier qu'elle avait vu dans les petites annonces. Elle s'y était accrochée aveuglement, comme une personne tombant d'une falaise et qui aperçoit un arbuste fragile poussant entre les rocs friables. Contre toute attente, elle comprit qu'elle resterait dès le premier jour. Les personnes âgées lui plaisaient (la plupart d'entre elles, du moins), elles se montraient intéressantes, pleines de reconnaissance (pour l'essentiel) — et paisibles. Lors de sa première semaine terrifiante à l'auberge de jeunesse, alors qu'elle cherchait un studio abordable, Saint Sebastian était le seul endroit où elle se sentait en sécurité.

Jim avait tout bouleversé. Il connaissait son adresse, son lieu de travail. Les flics peuvent tout trouver…

Carrie déverrouilla sa porte après s'être assurée que le couloir miteux était vide, se glissa à l'intérieur, enclencha le verrou et alluma la lumière. L'unique fenêtre faisait face à une cheminée d'aération, et la pièce demeurait sombre même les jours les plus lumineux. La jeune femme avait compensé à grand renfort de coussins colorés, de lampes dénichées à l'Armée du salut et de fleurs séchées, mais cela restait sombre.

« Salut, Carrie », dit Jim.

Elle se retourna brusquement, étouffa un cri. Mais le reste de sa réaction l'écœura. Non désiré et haï — Dieux, ô combien haï ! —, il y avait ce frisson soudain, cette étincelle d'excitation qui parcourait son corps tout entier. « *Ce n'est pas inhabituel*, lui avait dit sa conseillère au Centre d'aide des femmes battues. *Souvent, la victime et son agresseur s'engagent* tous deux *à fond dans la lutte pour dominer l'autre. À quel point ressentez-vous du triomphe quand il se trouve dans la phase d'excuse du cycle de violence ? Savez-vous pourquoi vous avez tant tardé à le quitter ?* »

Accepter une chose pareille lui avait pris beaucoup de temps. Et voilà que c'était reparti pour un tour : Jim était là.

« Comment es-tu entré ?

– C'est important ?

– Tu as persuadé Kelsey de t'ouvrir, non ? » Une bouteille de whisky suffisait à corrompre le concierge de l'immeuble. À moins que l'insigne de Jim l'ait dispensé d'un tel recours. Les accusations qu'elle avait portées contre son ex-conjoint, toutes abandonnées, n'avaient pas eu le moindre effet sur son travail. La plupart des gens extérieurs à ce milieu ignorait à quel point la violence domestique était fréquente dans les familles de flics.

En lieu et place de son uniforme, Jim portait des jeans, des bottes et cette veste de sport qu'elle avait toujours appréciée. Dans ses mains, un bouquet de fleurs. Pas des œillets de supermarché : des roses rouges auréolées d'un papier doré.

« Carrie, désolé de t'avoir effrayée ; je voulais tellement qu'on parle. S'il te plaît, donne-moi dix minutes. C'est tout. Dix minutes, ce n'est pas trop m'accorder au regard de trois années de mariage.

– Nous ne sommes pas mariés. Légalement, nous sommes séparés.

– Je sais. *Je sais.* Et je le mérite. Maintenant, je sais. Mais juste dix minutes. S'il te plaît.

– Tu n'es pas du tout censé être ici ! Il y a une ordonnance de non-communication contre toi. Et tu es flic !

– Je sais. Je risque ma carrière rien que pour te parler dix minutes. Ça ne prouve pas à quel point ça compte pour moi ? Tiens, elles sont pour toi. »

Humblement, le regard suppliant, il tendait les roses. Carrie n'esquissa pas le moindre geste.

« Tu m'as bousillé l'œil la dernière fois qu'on a "parlé", enfoiré !

– Je sais. Et si tu savais à quel point je le regrette… Si tu avais une idée du nombre de nuits que j'ai passées sans dormir, à me détester pour ça. J'étais hors de moi, Carrie. Vraiment. Mais ça m'a appris quelque chose. J'ai changé. Je vais aux Alcooliques Anonymes maintenant. J'ai un parrain, et tout. Je bosse sur les douze étapes.

– Tu m'as déjà dit ça !

– Je sais. Je sais bien. Mais cette fois c'est différent. »

Il baissa les yeux alors que Carrie adoptait une posture résolue, mains sur les hanches. Puis le constat la frappa : elle-même avait déjà prononcé tout cela ; elle s'était déjà tenue dans cette attitude réprobatrice. Et Jim aussi, bien sûr, lui et son attitude mielleuse. La fameuse phase d'excuse et de contrition évoquée par sa conseillère, une scène de plus dans leur scénario privé interminable. Et elle gobait tout comme si ça n'était jamais arrivé, s'épanouissait dans l'ardeur d'une indignation vertueuse nourrie par la soumission de Jim. Comme la conseillère l'avait dit.

L'écœurement fut si brutal que ses jambes manquèrent de se dérober.

« Sors, Jim.

– Oui, *oui*. Dis-moi juste que tu m'as entendu, qu'il y a encore une chance pour nous deux, même si je ne la mérite pas. Oh, Carrie…

– Sors ! » La nausée la gagnait, nourrie par sa fureur.

« Si tu me laissais…

– Dehors ! Maintenant ! »

L'expression de Jim changea. L'humilité fut remplacée par l'étonnement — ce n'était pas censé se dérouler ainsi —, puis la rage. Il lui balança les fleurs.

« Tu ne veux même pas *m'écouter* ! Bordel, je viens ici pour m'excuser et tu m'écoutes pas ! Tu te crois meilleure que moi, espèce de salope, tu n'es qu'une… »

Carrie fit volte-face et posa sa main sur le verrou. Jim fut plus rapide. Plus rapide, plus fort, et ça aussi, c'était le vieux scénario. Comment avait-elle pu oublier, même une demi-seconde, qu'il…

Jim la jeta au sol. Avait-il son arme ? Allait-il tirer ? Alors qu'elle levait les bras pour protéger son visage, elle entraperçut ses traits, si déformés par la colère qu'il paraissait une autre personne. Il la frappa au ventre. La douleur fut insupportable, brûlant son corps, l'étouffant ; elle allait mourir… La botte de Jim prit de l'élan et Carrie voulut crier. Souffle coupé. C'était la fin. Non non *non*…

Il s'effondra.

Entre ses bras, elle discerna son visage tandis qu'il tombait. Ses yeux s'écarquillèrent et sa bouche s'ouvrit sous la stupéfaction. L'image s'imprima dans le cerveau de Carrie. Le corps de son ex-conjoint s'affala lourdement sur elle et ne bougea plus.

Quand elle reprit son souffle, elle rampa afin de se dégager, laissant échapper de brefs sons gutturaux — *rheu rheu rheu.* Une partie de son cerveau fonctionnait malgré tout avec clarté, comme détachée. Elle chercha le pouls de Jim, plaça sa main au-dessus de sa bouche en quête d'une respiration, posa son oreille sur sa poitrine. Il était mort.

Elle tituba jusqu'au téléphone. Composa le 911.

✦

Les flics. Carrie ne les connaissait pas, ici, ce n'était pas le district de Jim. D'abord ceux en uniforme puis les inspecteurs. Ambulance. Légistes. Photos, prise des empreintes, fouille de son studio avec son consentement. *Vous avez le droit de garder le silence.* Elle n'avait pas besoin de se taire, ni d'un avocat, se contenta de dire ce qu'elle savait tandis qu'on remplaçait le corps de Jim par un contour à la craie et que les voisins se rassemblaient dans le couloir. Et puis ce fut terminé, enfin ; après lui avoir annoncé que son appartement demeurerait une scène de crime jusqu'à l'autopsie, on lui demanda où elle irait, et elle répondit : « Saint Sebastian. J'y travaille.

– Peut-être que vous devriez poser un congé maladie pour votre garde de nuit, m'dame, c'est…

– Je vais à Saint Sebastian ! »

Ce qu'elle fit, ses mains tremblant sur le volant. Elle alla droit à la porte du Dr Erdmann à laquelle elle frappa. À l'intérieur, le déambulateur clopina. *À l'intérieur*, en sécurité.

« Carrie ! Bon Dieu, que…

– Je peux entrer ? S'il vous plaît ? La police…

– La police ? fit sèchement Erdmann. Quelle police ? » Il jeta un œil dans le couloir comme s'il s'attendait à le voir grouiller d'uniformes bleus. « Où est ton manteau ? Il fait dix degrés ! »

Elle avait oublié le manteau. Personne ne l'avait mentionné. *Faites votre sac*, lui avait-on dit, mais personne n'avait parlé de manteau. Le Dr Erdmann connaissait toujours la température extérieure et la pression atmosphérique, prenait note de leurs mesures. Enfin, *enfin*, Carrie fondit en larmes.

Le vieil homme la fit entrer et s'asseoir sur le canapé. Elle remarqua, depuis la maigre portion de son esprit qui semblait encore fonctionner, que le tapis s'ornait d'une tache humide et d'une odeur forte, comme si on l'avait frotté au désinfectant.

« Je pourrais… Je pourrais boire quelque chose ? »

Avant que les mots ne sortent, elle ignorait ce qu'elle allait dire. Elle buvait rarement. Pas comme Jim.

*Jim…*

Le sherry la ragaillardit. Cette boisson lui semblait si civilisée, de même que le verre miniature qui la contenait. Sa respiration s'adoucit et elle raconta les événements à Henry. Le nonagénaire écouta en silence.

« Je suis sûrement suspecte, déclara Carrie. Bien sûr que je le suis. Il est tombé raide mort alors qu'on se disputait… mais je n'ai jamais levé la main ni même le petit doigt sur lui. J'essayais juste de protéger ma tête et… docteur Erdmann, ça va ? Vous êtes blanc comme un linge ! Je n'aurais pas dû venir, je suis désolée…

– Bien sûr que si ! » l'interrompit-il avec une vivacité qui surprit Carrie. Un instant plus tard, il arborait un sourire pâle. « Évidemment que tu as bien fait de venir. Ça servirait à quoi les amis, sinon ? »

Les amis. Elle avait d'autres amis, plus jeunes. Joanne, Connie, Jennifer… qu'elle avait peu vues ces trois derniers mois. Sa toute première pensée était allée au Dr Erdmann. Qui paraissait maintenant si…

« Vous n'avez pas l'air bien. Que se passe-t-il ?

– Rien. J'ai mangé quelque chose qui ne passe pas au dîner. La moitié du bâtiment a commencé à vomir quelques heures après. Evelyn Krenchnoted, Gina Martinelli, Erin Bass, Bob Donovan, Al Cosmano et Anna Chernov. D'autres encore. »

Il l'examinait attentivement tandis qu'il récitait les noms, comme s'il attendait quelque réaction de la part de la jeune femme. Carrie connaissait la plupart de ces gens, mais juste de vue. Seul M. Cosmano figurait sur la liste des résidents qui lui étaient assignés. Le Dr Erdmann lui paraissait plus étrange que jamais.

« Carrie, demanda-t-il, à quelle heure Jim… est-il tombé raide mort ? Tu te souviens de l'heure exacte ?

– Laissez-moi réfléchir. Je suis partie à deux heures, j'ai fait un saut à la banque, à la station-service et à la supérette… Peut-être trois heures, trois heures trente. Pourquoi ? »

Le vieil homme ne répondit pas. Son silence accrut le malaise de Carrie. Elle n'aurait pas dû venir, c'était des plus importuns, et de toute façon, il existait sûrement une règle interdisant aux aides-soignantes de passer trop de temps fourrées chez les résidents. À quoi pensait-elle donc ?

« Je vais te chercher des couvertures et un oreiller pour le canapé, lâcha enfin Erdmann d'une voix encore bizarre. Il est plutôt confortable. Comme canapé. »

# 6.

Impossible. Une coïncidence tout à fait ridicule. Rien de plus. Une coïncidence… La simultanéité ne sous-entendait pas un rapport de cause à effet. Même le plus bouché des étudiants en physique savait ça.

En son for intérieur, Henry se rappelait les propos de Richard Feynman sur les tenants de la théorie des cordes : « Je n'aime pas le fait qu'ils ne calculent rien. Qu'ils ne vérifient pas leurs idées. Que, pour chaque point qui contredit leur théorie, ils mitonnent une explication… Le premier principe est qu'on ne doit pas se leurrer, or chacun constitue en soi la personne la plus facile à tromper. » Henry n'appréciait guère Feynman, qu'il avait rencontré lors de diverses conférences à Cal Tech. Un bouffon, avec ses tamtams et ses farces. Sans oublier les coffres-forts dont il s'amusait à déchiffrer les combinaisons [4]. Quel manque de dignité. Reste que ce bouffon brillant avait raison. Henry appréciait peu, lui aussi, la théorie des cordes, les idées qui n'étaient ni calculées ni vérifiées, ni confortées par des données expérimentales. De plus, l'idée qu'il ait tué Jim Peltier avec ses *pensées*… grotesque.

(4). À Los Alamos, Richard Phillips Feynman (1918-1988) était notoirement connu pour jouer des bongos, et faire des plaisanteries à ses collègues en forçant leurs coffres-forts.

De simples pensées ne pouvaient envoyer une décharge d'énergie à distance dans le corps d'un individu. Mais la décharge elle-même n'était pas une idée sortie de nulle part. Elle avait eu lieu. Henry l'avait sentie.

Selon DiBella, son IRM paraissait tout à fait normale.

Henry ne dormit quasiment pas lors de cette nuit du jeudi au vendredi, une deuxième nuit blanche consécutive, tandis que Carrie s'abandonnait au sommeil oublieux des jeunes. Au matin, avant qu'elle ne se réveille, il s'habilla tranquillement, quitta l'appartement avec son déambulateur et se dirigea vers l'infirmerie. Il s'attendait à voir le lieu envahi par les gens victimes de nausées la veille au soir. Il se trompait.

« Puis-je vous aider ? demanda une corpulente infirmière d'âge mûr chargée d'un plateau repas. Vous vous sentez mal ?

– Non, non, répliqua Henry en hâte. Je viens rendre visite à quelqu'un. Evelyn Krenchnoted. Elle était ici hier.

– Oh, mais elle est partie, comme tous les autres. L'intoxication alimentaire n'avait rien de méchant. Nos seuls patients à présent sont Bill Terry et Anna Chernov. »

Elle prononça ce dernier nom à la manière de bon nombre de membres du personnel soignant, comme si elle n'attendait qu'un prétexte pour le dire à voix haute. Souvent, Henry s'en agaçait — pouvait-on comparer la danse classique à, disons, la physique ? —, mais il choisit d'en tirer parti.

« Puis-je voir Mlle Chernov dans ce cas ? Elle est réveillée ?

– C'est son plateau. Suivez-moi. »

L'infirmière le mena jusqu'au bout d'un petit couloir. Rideaux jaunes, table de chevet, moniteur et potence pour intraveineuse : la chambre ressemblait à n'importe quelle chambre d'hôpital, hormis les fleurs. Des masses de fleurs, bouquets, plantes en pot, et un immense vase de cuivre contenant ce qui paraissait bien être un arbuste. Un homme, presque perdu au milieu de cette floraison, se tenait assis sur l'unique chaise du lieu.

« Voici votre petit déjeuner, mademoiselle Chernov », annonça l'infirmière avec respect tout en s'activant pour poser le plateau sur la table, positionner cette dernière en travers du lit et ôter les couvercles.

« Merci. » Anna Chernov lui adressa un sourire gracieux et étudié avant de toiser Henry, intriguée. L'autre homme, qui n'avait pas bougé, le fusilla du regard.

Drôle de couple. La danseuse, qui semblait plus jeune que son âge véritable, quel qu'il fût, était plus belle qu'Henry ne l'imaginait, avec ses grands yeux verts et ses pommettes parfaites. Elle n'était branchée à aucun appareil sur le mur, mais un plâtre sur sa jambe gauche faisait une bosse sous le couvre-lit jaune. Quant à l'homme, il arborait une tête aux allures de truelle de jardin, des cheveux d'un gris agressif coupés ras et de petits yeux suspicieux. Sous ses ongles, on discernait ce qui ressemblait bien à du cambouis — du cambouis, à Saint Sebastian ? S'il n'avait pas été si vieux, quoique d'apparence vigoureuse et sans déambulateur, Henry l'aurait pris pour un agent d'entretien.

« Mademoiselle Chernov, pardonnez mon intrusion, surtout de si bon matin, mais je pense que c'est important. Mon nom est Henry Erdmann, et je réside au deuxième.

– Bonjour, dit-elle avec la même grâce détachée et étudiée dont elle avait fait preuve envers l'infirmière. Je vous présente Bob Donovan.

– Salut, fit celui-ci sans sourire.

– Avez-vous un rapport avec la presse, monsieur Erdmann ? Car je ne donne pas d'interviews.

– Non, je ne suis pas journaliste. Permettez-moi d'aller droit au but. Hier, j'ai subi une forte nausée, comme vous, et comme vous aussi, monsieur Donovan. À en croire Evelyn Krenchnoted en tout cas. »

L'homme à la tête de truelle leva les yeux au ciel. Henry aurait souri, s'il n'avait pas été aussi tendu.

« Je ne suis pas sûr que la nausée était due à l'intoxication alimentaire, continua-t-il. Dans mon cas, cela s'est poursuivi avec… une attaque d'un genre différent. J'ai ressenti ce que je ne peux décrire que comme une décharge d'énergie brûlant le long de mes nerfs, très forte, très douloureuse. Je suis ici pour vous demander si vous avez éprouvé quelque chose de similaire.

– Z'êtes docteur ? émit Donovan.

– Pas en médecine. Je suis physicien. »

Donovan eut un grognement de mépris sauvage, comme si la physique l'offensait d'une manière ou d'une autre.

« Oui, docteur Erdmann, répondit Anna Chernov, mais je ne qualifierais pas cela de “douloureux”. Je n'ai pas eu mal. Une “décharge d'énergie le long des nerfs”, oui, c'était comme… »

Elle s'interrompit brusquement.

« Je vous écoute ? » fit Henry. Son cœur battait la chamade. Quelqu'un d'autre avait ressenti cette énergie.

Plutôt que d'évoquer ce qu'elle avait éprouvé, Anna tourna la tête vers son ami : « Bob, tu as senti quelque chose ?

– Ouais. Et donc ?

– Je ne sais pas », admit Henry, appuyé sur son déambulateur. D'un coup, ses genoux faiblirent. Anna le remarqua dans l'instant.

« Bob, apporte ta chaise au docteur Erdmann, s'il te plait. »

Donovan se leva de son siège, qu'il amena sans effort jusqu'à Henry, avant d'aller se planter, boudeur, derrière un énorme bouquet de roses mêlées de dahlias et de chrysanthèmes aux couleurs automnales. Quant à Erdmann, il s'effondra sur la chaise, tombant nez à nez avec la carte qui accompagnait le bouquet et affichait : « DE LA PART DE L'AMERICAN BALLET THEATRE. BON RÉTABLISSEMENT ! »

« Je ne comprends pas où vous voulez en venir, dit Anna. Selon vous, nous avons tous eu le même mal, mais ce n'était pas une intoxication alimentaire ? Quelque chose d'autre, donc, avec… une décharge d'énergie suivie de nausées ?

– Oui, je suppose… » Il ne pouvait évoquer Jim Peltier. Ici, dans cette atmosphère de fleurs et d'antiseptiques, entre la jalousie pathétique de Donovan et la froide courtoisie d'Anna, tout cette histoire paraissait incroyablement dingue. Or il appréciait peu les choses dingues. Après tout, il était *scientifique*. Reste que c'est sans doute cette dernière caractéristique qui le poussa à insister : « Vous aviez déjà ressenti quelque chose de semblable, mademoiselle Chernov ?

– Anna, répondit-elle automatiquement. Oui, trois fois auparavant, en fait. Mais bien plus mineures et sans nausée. Je pense qu'il s'agissait de moments de somnolence passagère. Cela fait plusieurs jours que je suis alitée avec cette jambe, et c'est suffisamment ennuyeux pour dormir beaucoup. »

Elle s'exprimait sans auto-apitoiement, mais Henry eut un aperçu soudain de ce que « être alité » signifiait pour une femme dont le corps — plutôt que l'esprit — avait représenté une vie durant la source de plaisir, d'occupation, d'accomplissement de soi. Ce que vieillir signifiait pour une telle femme. Henry avait eu plus de chance : son esprit constituait la source de son énergie vitale, pas son corps. Un esprit qui fonctionnait encore bien.

Vraiment ? En dépit de la folle hypothèse qu'il couvait ? Qu'auraient dit Feynman, Teller ou Gell-Mann ? Gagné par l'embarras, il tenta de se redresser.

« Merci, mademoiselle Chernov, je ne vais pas abuser plus longtemps de…

– J'ai senti ça aussi, annonça soudain Donovan. Mais deux fois, c'est tout, comme z'avez dit. Mardi et hier après-midi. Vous cherchez quoi, doc ? Pour vous, il se passe quelque chose ? Un truc dangereux ?

– Vous l'avez senti ? » Henry agrippa son déambulateur en faisant volte-face.

« Je viens de vous le dire ! Maintenant, crachez le morceau : c'est une nouvelle maladie dangereuse, un truc contagieux ? »

Manifestement effrayé, le type masquait sa peur par de l'agressivité. Savait-il au moins ce qu'était un physicien ? Il semblait prendre Henry pour une sorte de toubib spécialiste. Bon Dieu, que faisait Bob Donovan en compagnie d'Anna Chernov ?

Il obtint un début de réponse à travers la manière dont la danseuse les renvoya. « Non, Bob, ça n'est pas une maladie dangereuse. Et le Dr Erdmann n'est pas médecin. Si cela ne vous dérange pas, je suis exténuée et je dois manger, sans quoi l'infirmière risque de me disputer. Peut-être devriez-vous partir, maintenant ; je vous croiserai sûrement dans le coin quand je sortirai. » Elle eut un sourire fatigué.

Henry vit l'expression de Donovan, qu'il associait avec les étudiants de première année : une langueur amoureuse sans espoir. Pour ridicule qu'elle fût, au milieu des rides et des chairs affaissées, l'expression n'en était pas moins totalement sincère. Pauvre gars.

« Merci encore », dit Henry, qui vida les lieux aussi vite que le lui permettait son déambulateur. Comment osait-elle le traiter de la sorte ; une princesse renvoyant ses laquais ? Et pourtant… Il était l'intrus dans son monde, cette arène féminine de fleurs, de ballets et d'hypocrisie. Un monde étranger et quelque peu repoussant. Rien à voir avec les rigoureuses échauffourées masculines de la physique.

Mais il savait qu'Anna avait aussi senti « l'énergie ». Tout comme Donovan, et à la même heure. Des données supplémentaires pour… quoi ?

Sur son trajet vers l'ascenseur, il marqua une pause et ferma les yeux.

✦

Carrie était réveillée quand Henry regagna son appartement. Assise à la table où Ida et lui avaient mangé pendant cinquante ans, elle se trouvait en compagnie de deux étrangers qui se levèrent à l'entrée du nonagénaire. Une odeur d'Arabica flottait dans l'air.

« J'ai fait du café, dit Carrie. J'espère que ça ne vous gêne pas… Voici l'inspecteur Geraci et l'inspectrice Washington. C'est le docteur Erdmann… » Sa voix traîna. Elle avait une petite mine, avec ses cheveux formant des boucles folles et une sorte de maquillage sombre barbouillé sous les yeux. Sûrement la fatigue.

« Bonjour, docteur Erdmann », dit l'inspecteur. L'homme était grand, musclé, le visage ombré d'un début de barbe en dépit de l'heure matinale — pile l'apparence de voyou que Henry n'appréciait guère. Sa collègue, une Noire petite, peu souriante mais convenablement vêtue, paraissait bien plus jeune. Le duo se rassit.

« Nous avions de nouvelles questions à poser à Mme Vesey au sujet de la nuit dernière.

– A-t-elle besoin d'un avocat ? demanda Henry.

– À votre petite-fille de voir, bien sûr », fit Geraci au moment où Carrie répondait : « Je leur ai dit que je n'en avais pas besoin », et que le vieil homme ajoutait : « Je le paierai. » Dans la mêlée des phrases, l'erreur portant sur « petite-fille » ne fut pas corrigée.

« Étiez-vous présent quand Mme Vesey est arrivée hier soir ? demanda Geraci.

– Absolument.

– Et pouvez-vous nous dire ce que vous faisiez hier après-midi ? »

Ce type était-il stupide ?

« Bien sûr que je peux. Mais j'imagine que vous ne me soupçonnez pas, inspecteur, d'avoir tué l'officier Peltier.

– Nous ne soupçonnons personne à ce stade de l'enquête. Nous posons des questions, docteur Erdmann.

– J'étais au Redborn Memorial, du milieu de l'après-midi jusqu'au moment où Carrie est arrivée ici. Aux urgences, dans l'attente d'être examiné pour une suspicion de crise cardiaque. Crise que, ajouta-t-il en hâte à la vue de l'expression de Carrie, je n'ai pas subie. Il s'agissait juste d'une indigestion sévère causée par l'intoxication alimentaire dont les résidents de Saint Sebastian ont souffert hier soir. »

Ha ! Prends ça, inspecteur Voyou !

« Merci, fit Geraci. Êtes-vous médecin ?

– Non. Docteur en physique. »

Henry s'attendait à moitié à ce que le policier fasse preuve de la même ignorance que Donovan, mais Geraci le surprit : « Expérimentale ou théorique ?

– Théorique. Toutefois, plus depuis longtemps. J'enseigne, maintenant.

– Tant mieux pour vous. » Geraci se leva, suivi aussitôt de Washington. De ce que le vieil homme avait entendu, l'inspectrice n'avait pas ouvert la bouche.

« Merci à tous les deux. Je vous tiendrai informés des résultats de l'autopsie. »

✦

« Ces hospices pour vieux me fichent la trouille, déclara Tara Washington dans l'ascenseur.

– Un jour, pourtant, tu…

– Ne me donne pas de leçon, Vince. Je sais que je vieillis mais j'ai le droit de ne pas aimer ça.

– Tu as encore le temps », répondit Geraci sur un ton machinal, l'esprit ailleurs. « Erdmann sait quelque chose.

– Ah oui ? » Washington le dévisagea ; au commissariat, Vince Geraci avait la réputation d'avoir du « pif » ; il avait immanquablement raison sur tout ce qui sentait bizarre. À la vérité, il l'impressionnait. Elle n'était inspectrice que depuis le mois dernier, et avait un sacré bol d'avoir Geraci comme partenaire. Néanmoins, son scepticisme naturel lui fit dire : « Ce vieux bonhomme ? Sûr qu'il n'a pas fait le job. Pourrait pas écraser un cafard. Tu penses à un contrat ?

– Sais pas, émit Geraci. Non. Quelque chose d'autre. De plus ésotérique. »

La jeune inspectrice garda le silence, pas tout à fait certaine du sens du mot « ésotérique ». Geraci était malin.

Trop pour propre bien, affirmaient certains de ses collègues — jalousie de flics primaires plus doués à défoncer des portes qu'à résoudre des crimes. Tara Washington n'avait rien d'une casseuse de portes, aussi comptait-elle bien apprendre un maximum de son partenaire, quand bien même elle ne possédait pas son vocabulaire. Un maximum et même plus. Un jour, elle serait aussi douée que lui.

« Allons parler au personnel médical de cette intoxication alimentaire », dit Geraci.

Mais Erdmann n'avait pas menti, et en milieu de matinée leur parvint le rapport d'autopsie. Refermant son téléphone mobile, Geraci annonça : « Peltier est mort d'un "problème cardiaque". Une insuffisance massive et instantanée.

– Un jeune flic comme lui ? En forme et tout ?

– D'après le légiste.

– Pas de crime, donc. Affaire classée. » D'une certaine manière, Tara était déçue. Le meurtre d'un policier par une femme battue aurait été plutôt du haut niveau. Raison pour laquelle on avait confié l'enquête à Geraci.

« Classée ou pas, dit l'inspecteur, ça change rien : Erdmann sait quelque chose. Quelque chose dont on n'aura jamais idée. »

## 7.

Le vendredi, peu avant midi, Evelyn allongea son corps replet sur le matelas destiné à glisser dans un tube médical à l'aspect étrange. Pour l'occasion, elle avait revêtu son plus joli tailleur, le bleu en polyester avec cette profusion de dentelle tout aussi bleue, et enfilé ses jolies ballerines crème. Le Dr DiBella — un bel homme, quel dommage qu'elle n'ait pas cinquante ans de moins, ahaha ! — lui demanda : « Tout va bien, madame Krenchnoted ?

– Evelyn, s'il vous plait. Oui, ça va. Je n'ai jamais passé un de ces… Comment vous dites, déjà ?

– Une IRM fonctionnelle. Je vais vous sangler, car c'est très important que vous demeuriez immobile durant la procédure.

– Oh, oui, je vois, vous ne voulez pas que mon cerveau bouge dans tous les sens pendant que vous le photographiez… Gina, tu es là ? Je ne te vois pas…

– Je suis là, Evelyn, répondit son amie. N'aie pas peur. "Quand je marche dans la vallée de…"

– Il n'y a pas d'ombre et je n'ai pas peur ! »

Vraiment, Gina en faisait parfois trop — quand bien même le tunnel que constituait l'IRM possédait bel et bien quelque chose d'inquiétant. « Dites-moi quand vous êtes prêt à me glisser dans cette chose, docteur, et je me prépare. C'est aussi étroit qu'un cercueil, non ? Pas de doute que je me retrouve un jour ou l'autre sous terre pendant pas mal de temps, mais je ne tiens pas à commencer maintenant, ahahah. Mais si je continue à vous parler pendant que je suis dedans…

– Pas de souci, continuez à parler. » Il semblait résigné, le pauvre homme. Quoi d'étonnant ? Il devait s'ennuyer à répéter ce genre de manipulation toute la sainte journée. Elle jeta un coup d'œil circulaire, cherchant de quoi l'égayer.

« On vous voit maintenant souvent à Saint Sebastian, n'est-ce pas ? Vous avez déjà entendu parler du collier d'Anna Chernov ?

– Non, de quoi s'agit-il ? Voilà, laissez votre tête comme ça.

– Il est extraordinaire ! » fit Evelyn avec une once de désespoir. DiBella posait un genre d'étau sur son crâne, de sorte qu'elle s'en trouvait immobilisée. Son cœur se mit à battre plus vite. « Des diamants, des rubis, et je ne sais plus quoi. Le tsar l'a donné à une célèbre ballerine, qui…

– Ah oui ? Quel tsar ?

– *Le* tsar ! De Russie ! »

Vraiment, qu'apprenait-on aux jeunes d'aujourd'hui ?

« Il a offert ce collier à une célèbre ballerine, qui a été la professeure d'Anna Chernov et qui le lui a transmis, et naturellement Anna le garde dans le coffre-fort de Saint Sebastian, parce que, pensez, s'il était volé, ça ne ferait aucun bien à notre résidence, et de toute façon il est hors de prix, donc… oh !

– Vous allez glisser doucement, gentiment à l'intérieur, Evelyn. Tout ira bien. Fermez les yeux si vous préférez. Et donc, ce collier… vous l'avez vu ?

– Oh non ! » La commère soupira. Son cœur accéléra tandis qu'elle sentait sous elle le matelas se mettre en mouvement. « J'adorerais, bien sûr, mais Anna n'est pas exactement amicale, elle est du genre un peu snob, bon, je suppose qu'on le devient avec la célébrité et tout, mais quand même… Docteur !

– Vous voulez sortir ? » Evelyn perçut sa déception, ce qui l'aiguillonna. Bien sûr qu'elle voulait sortir, mais elle ne voulait pas non plus décevoir DiBella…

« Non ! Tout va bien ! J'aimerais vraiment voir ce collier, ses diamants, ses rubis, et peut-être même ses saphirs aussi, ce sont mes pierres préférées, avec ce feu bleu à l'intérieur. J'aimerais vraiment le voir… »

Elle déblatérait, mais d'un coup, il lui sembla qu'elle pouvait distinguer le collier dans son esprit, pile comme elle l'imaginait. Une ribambelle de gros diamants brillants, à laquelle s'accrochait un pendentif de rubis et de saphirs luisant comme je-ne-sais-quoi mais plus beau que tout ce qu'elle avait jamais vu oh elle aimerait tant le toucher juste une fois ! Si Anna Chernov n'était pas si pimbêche et égoïste, peut-être qu'elle sortirait le collier du coffre et le montrerait à Evelyn la laisserait le toucher *sortir le collier du coffre* ce serait sûrement la chose la plus merveilleuse qu'Evelyn ait jamais vu ou imaginé *sortir le collier du coffre…*

Evelyn hurla. La douleur l'éclaboussa, comme de l'huile bouillante jaillissant d'une casserole, brûlant ses nerfs et changeant son esprit en une nuée rouge… Tant de douleur ! Elle allait mourir, c'était la fin, et elle n'avait pas encore acheté sa concession au cimetière oh mon Dieu la douleur…

Puis la souffrance disparut, et Evelyn sanglotait lorsque le lit sortit du tube. Le Dr DiBella parlait, sa voix à l'arrière-plan s'éloignant, s'éloignant… de plus en plus…

Puis plus rien.

✦

Assis seul à la table de sa kitchenette, Henry mangeait un sandwich au thon. Carrie était partie travailler quelque part dans le bâtiment. Sa présence était agréable, même si bien sûr elle…

L'énergie se déversa en lui, comme une soudaine surcharge électrique, et ses nerfs scintillèrent. C'était le seul terme. Pas de douleur cette fois, mais quelque chose de brillant grandit dans son esprit, blanc, rouge, bleu, mais pas du tout un drapeau, c'était dur comme de la roche… oui, des pierres… précieuses.

Parti. Une immense lassitude s'abattit sur Henry ; il peinait à garder la tête haute et les yeux ouverts. Mobilisant tout ce qu'il lui restait d'énergie pour sortir de table, il tituba jusqu'au lit et s'y effondra, son esprit aussi vide que l'espace intersidéral.

✦

Peu avant le déjeuner, Carrie faisait office de remplaçante à une partie de cartes dans le réfectoire, jouant à l'écarté avec Ed Rosewood, Ralph Galetta et Al Cosmano. M. Cosmano était son patient du vendredi matin. Elle l'avait accompagné acheter un cadeau d'anniversaire pour sa fille habitant en Californie, l'avait mené à la poste pour emballer et envoyer le colis, puis chez le physiothérapeute. M. Cosmano aimait se plaindre. Saint Sebastian était trop froid, les médecins ne connaissaient rien à rien, ils vous empêchaient de fumer, la bouffe était mauvaise, ses voisins d'avant lui manquaient, sa fille préférait vivre en Californie au lieu de s'occuper de son vieux papa, les enfants de nos jours… Carrie continua à sourire. Même la compagnie du vieillard acariâtre lui semblait préférable à la perspective de se retrouver dans son appartement, là où Jim était mort. Quand son bail arriverait à échéance, elle chercherait autre chose, mais en attendant, elle faisait des heures sup à l'hospice juste pour pouvoir y rester.

« Carrie, atout cœur. » Ed Rosewood, son partenaire, était un gentil monsieur adorant les chaines gouvernementales. À commencer par C-Span, où il regardait tout, même les auditions du comité des finances de la Chambre des Représentants, et ce des heures durant. M. Rosewood n'avait pas besoin d'aide-soignant, ce qui arrangeait l'hospice. Il fallait l'arracher du téléviseur, même pour jouer aux cartes une fois par semaine. Mike O'Kane, le quatrième joueur habituel, ne se sentait pas assez en forme ce jour-là, raison pour laquelle Carrie se retrouvait assise, cinq cartes en main, tandis que le personnel de cantine s'activait à préparer le déjeuner dans la pièce adjacente. Dehors, un avion survola l'hospice, puis le bruit des réacteurs décrut.

« Oh, oui, fit Carrie. Cœur. » Elle avait du cœur, Dieu merci, vu qu'elle ne se souvenait jamais de l'atout. Les cartes, c'était pas son truc.

« Voilà le roi.

– Pas pour moi.

– À toi, Ed.

– As de trèfle.

– Du trèfle dans le coin… Carrie ?

– Oui, je… » Qui menait ? Il n'y avait que du trèfle sur la table. Elle n'en avait pas en main, et posa donc un pique. M. Galetta rit.

« Carrie, dit Al avec satisfaction, tu devrais éviter de couper l'as de ton partenaire.

– J'ai fait ça ? Oh, je suis désolée, monsieur Rosewood, je… »

Ed Rosewood était avachi sur sa chaise, yeux clos. Tout comme Al Cosmano. Ralph Galetta dévisagea la jeune femme d'un air hébété, puis posa délicatement sa tête sur la table, les yeux fermés.

« Monsieur Cosmano ? Hé, à l'aide ! »

Les cuisiniers accoururent. Mais les trois vieillards avaient de nouveau les yeux ouverts et arboraient un air confus et endormi.

« Que s'est-il passé ? demanda une femme.

– Je ne sais pas, répondit Carrie. Ils sont tombés… de fatigue. »

La cuisinière considéra l'aide-soignante comme si elle était devenue folle. « Fatigue ?

– Oui, de la fatigue, dit Ed Rosewood. Je vais juste… Salut, les gars. Je vais piquer un somme. Pas faim. » Il se leva, chancelant, mais à même de marcher sans aide, et quitta bientôt le réfectoire. Ses deux compagnons de jeu le suivirent sans tarder.

« De la fatigue », fit la cuisinière, fusillant Carrie du regard.

« Tout d'un coup ! Tous les trois, très fatigués, comme une sorte de sortilège !

– Un "sortilège" simultané. Sûr. T'es nouvelle ici ? Tu sais, les vieux, ça s'épuise vite. »

Carrie tourna les talons. Elle n'avait rien d'une bleue. La fatigue des trois hommes était anormale. Mais il n'y avait aucun moyen de le faire entendre à cette salope, ni d'ailleurs de se l'expliquer soi-même en quelque terme sensé. Rien n'allait.

Carrie avait perdu tout appétit. Elle fila vers les toilettes ; là, au moins, on lui ficherait la paix.

✦

Le portable de Vince Geraci sonna alors que le policier sortait d'une supérette d'East Elm en compagnie de sa jeune collègue Tara Washington. Ils avaient parlé au propriétaire, qui semblait impliqué — ou pas — dans une fraude à l'assurance. Vince avait laissé Tara poser la majorité des questions, et la jeune femme s'était sentie gonflée de joie comme un ballon quand l'inspecteur avait déclaré : « Bon boulot, la bleusaille. »

Il décrocha, écouta tout en marchant. Juste avant qu'ils atteignent leur voiture, il lâcha un « Okay » puis coupa la communication.

« On a quoi ? demanda Tara.

– Une coïncidence.

– Une coïncidence ?

– Oui. » La peau de son front adopta une étrange topographie. « Encore Saint Sebastian. Quelqu'un a forcé le coffre-fort du bureau.

– Des vols ?

– On va voir… »

✦

Erin Bass s'éveilla sur son matelas de yoga, l'écran de télé n'affichant rien d'autre que du bleu et « Channel 3 » dans le coin supérieur. Elle se sentait confuse mais à même d'ordonner ses pensées. Quelque chose venait de se passer.

Elle s'assit avec précautions, ses mains ornées de bracelets détachant lentement son corps du matelas. Pas d'os cassé, aucune douleur. Selon toute vraisemblance, elle s'était effondrée sur le tapis, demeurant évanouie pendant que sa cassette de yoga tournait. Elle était dans la position du poisson ; il devait donc rester vingt minutes sur la cassette. Et combien de temps ensuite ? L'horloge murale disait 13h20. Une heure, donc

Elle ne ressentait aucune douleur. Erin prit une grande inspiration, s'étira le cou, se redressa. Toujours pas mal. Pas plus que lorsque que cela s'était produit… Où était-elle allée ? Pas dans le lieu paisible où le yoga et la méditation l'emmenaient parfois, un endroit bleu pâle, comme un paysage vallonné, reposant, vu au crépuscule depuis une montagne haute et tranquille. Cette fois-ci, les couleurs étaient vives, impétueuses, comme un torrent… une rivière de couleurs, bleu, rouge, blanc.

Elle se dirigea vers sa kitchenette, figure fine en collants et justaucorps noir. Elle avait manqué le déjeuner mais n'avait pas faim. Elle fit bouillir de l'eau filtrée, prit du thé à la camomille dans le placard et le mit à infuser.

Cette déferlante d'énergie était similaire à ce qu'elle avait senti avant. Henry Erdmann l'avait interrogée à ce sujet ; peut-être l'avait-il aussi ressentie cette fois ? Quoique le vieil homme n'ait pas semblé accepter son explication du *trishna*, s'accrochant à l'aspect physique de l'événement, en totale négation de l'éveil. Un scientifique typique, convaincu que la science constituait l'unique route vers la connaissance, que ce qu'il ne pouvait ni tester ni mesurer ou répéter n'était pas vrai, pas réel, quand bien même il en faisait l'expérience. Erin en savait davantage que lui. Mais le monde était peuplé de gens comme Henry, des gens qui ne comprenaient pas qu'en rejetant la « religion », ils érigeaient justement la science à ce niveau.

Sirotant son thé, Erin réfléchit à la suite des événements. Cela ne l'effrayait pas. En fait, peu de choses effrayaient Erin Bass. Ce qui étonnait bon nombre de personnes et en troublait davantage encore. Mais, vraiment, de quoi fallait-il avoir peur ? La malchance n'était qu'un tour de la roue, la maladie un autre, la mort rien qu'une transition d'un état vers un nouvel état. Ce qui devait advenir adviendrait, et au-delà de tout ça, le grand flux de l'énergie cosmique continuait à couler, façonnant cette illusion que les gens pensaient être le monde. Erin n'ignorait pas que les autres résidents de Saint Sebastian l'estimaient folle ou pathétique, voire si éloignée de ce qu'ils considéraient comme la réalité qu'elle pouvait bien être les deux à la fois (« Née avec une cuiller en argent dans la bouche, n'a jamais travaillé un seul jour de sa vie »). Peu importait. Elle avait fondé sa vie d'ici sur les livres, la méditation, et le volontariat aux soins palliatifs. Si son histoire s'avérait bien différente de ce que les autres résidents imaginaient, c'était leur délire. Quant à elle, elle ne pensait jamais au passé, qui reviendrait, ou non, suivant ce que la *maya* déciderait.

Reste que les derniers événements demandaient une réaction. Ils l'avaient affectée, ainsi que Henry Erdmann et, de façon plus étonnante, Evelyn Krenchnoted. Bien qu'à y repenser, ce n'était pas si surprenant. Tout le monde possède un karma, y compris cette commère, et Erin n'avait pas la prétention de savoir tout ce qui se passait sous la surface bruyante et sans-gêne d'Evelyn. Plusieurs sentiers menaient au sommet de la montagne. Peut-être devrait-elle parler à la Krenchnoted ainsi qu'à Henry. À d'autres aussi ? Peut-être faudrait-il…

La sonnette retentit. Laissant son thé sur la table, Erin enfila une robe par-dessus ses collants et se dirigea vers la porte. Appuyé sur son déambulateur, Henry Erdmann se tenait sur le seuil, son visage pareil à un masque rigide d'émotions réprimées. « Madame Bass, j'aimerais discuter avec vous d'un certain sujet. Puis-je entrer ? »

Une étrange sensation s'empara d'Erin. Pas la décharge d'énergie du tapis de yoga, ni le repos bleuté de la méditation. Autre chose. Elle avait ressenti de semblables moments par le passé, lors desquels elle savait qu'un événement signifiant allait survenir. Cela n'avait rien de mystique ou de profond. Rien qu'une lecture subliminale du langage corporel, sans doute. Dans tous les cas, ces instants présageaient d'un changement de vie.

« Bien sûr, docteur Erdmann, entrez. »

Elle ouvrit la porte en plus grand, se décala pour laisser place au déambulateur, mais le vieil homme demeura immobile. Avait-il épuisé toutes ses forces ? Erin avait entendu dire qu'il était âgé de quatre-vingt-dix ans, soit dix de plus qu'elle, qui conservait une forme impeccable grâce à sa pratique du yoga depuis toujours et sa modération physique. Elle n'avait jamais fumé ni bu ni trop mangé. Tous les dérapages qu'elle se permettait étaient d'ordre émotionnel, et depuis peu seulement.

« Avez-vous besoin d'aide ? Puis-je…

– Non, non. »

Le nonagénaire se ressaisit, fit avancer son déambulateur vers la table. Puis il tourna la tête, comme s'il se souvenait de quelque chose, ce qui accentua la tension qui émanait de lui. « Des voleurs sont entrés à Saint Sebastian il y a une heure et demie. Ils ont ouvert le coffre-fort qui abrite le collier d'Anna Chernov. »

# 8.

Pour la dixième fois peut-être, il prit les résultats d'IRMf, les étudia et les reposa. Jake DiBella se frotta les yeux avec rudesse, poings fermés. Quand il écarta ses mains, son petit bureau de Saint Sebastian était flou mais les scanners n'avaient pas changé. *C'est ton cerveau en pleine autodestruction*, pensa-t-il. À cette différence que ce n'était pas le sien qu'il examinait, mais celui d'Evelyn Krenchnoted. Après qu'elle avait repris conscience, l'encéphale de cette bavarde inépuisable fonctionnait aussi bien que jamais.

Mais ce scanner était extraordinaire. Tandis qu'Evelyn gisait dans le tube à résonnance magnétique, tout avait changé en l'espace d'un instant. Première image : un motif habituel de flux sanguin et d'oxygénation. Image suivante…

« Bonjour ? »

Surpris, Jake laissa tomber les feuilles. Il n'avait pas entendu la porte s'ouvrir ni même quelqu'un frapper. Il perdait la tête. « Entrez, Carrie, je suis désolé, je n'ai pas… Laissez, je vais m'en occuper. »

L'aide-soignante s'était baissée pour ramasser d'une main les papiers qui avaient glissé sur le bureau et le sol. De l'autre, elle tenait en équilibre un carton contre sa hanche. Tandis qu'elle se redressait, Jake remarqua que son visage était rose sous la chevelure d'or défaite, lui donnant des allures de poupée de porcelaine surfaite. Le carton contenait une plante, un cadre, et plusieurs autres trucs.

*Oh, oh.* Jake savait où tout cela menait.

« Je vous ai apporté de la déco pour votre bureau, dit Carrie. Parce qu'il a l'air, vous savez, si vide. Froid.

– Merci. Mais je l'apprécie tel quel. »

Avec ostentation, il fit mine de se plonger dans ses papiers ; un comportement en accord avec la froideur de son environnement, mais mieux valait briser là avant que Carrie ne se mette dans l'embarras. Tandis qu'elle posait son fardeau sur une chaise pliante, il persista à l'ignorer, attendant qu'elle s'en aille.

Au lieu de quoi elle demanda : « Ce sont les résultats de l'IRM du Dr Erdmann ? Ça dit quoi ? »

Jake leva les yeux. L'aide-soignante regardait les feuilles, pas sa personne, et son ton était neutre, avec peut-être une pointe d'inquiétude concernant Erdmann. Le neurologue se souvint combien les deux s'appréciaient. Eh bien, cela ne faisait-il pas de lui un parfait narcissique ? Partir du principe que toutes les femmes s'intéressaient à *lui*… Une belle leçon d'humilité.

Désormais gêné, il répondit à Carrie comme s'il s'adressait à un collègue : « Non, ce sont ceux d'Evelyn Krenchnoted. Les résultats du Dr Erdmann sont des plus classiques. En revanche, ceux-ci sont remarquables.

– Remarquables ? Comment ça ? »

D'un coup, il se sentit gagné par le besoin de parler, peut-être en réaction à sa propre perplexité. Il contourna le bureau et tendit les scanners à Carrie. « Vous voyez ces zones cérébrales jaunes ? Ce sont les signaux BOLD, les taux d'oxygénation du sang. Ce qui signifie qu'au moment où l'image a été prise, ces parties du cerveau du sujet étaient actives — et dans ce cas précis, *très* actives. Or, elles n'auraient pas dû l'être !

– Pourquoi pas ? »

Carrie était passée à l'arrière-plan, une excuse pour poser des mots concrets sur ce qui, concrètement, n'aurait pas dû exister. « Parce que ça ne va pas du tout. Evelyn était allongée, me parlait depuis l'intérieur du tube IRM. Ses yeux étaient ouverts. Être sanglée l'angoissait. Le scanner devrait montrer de l'activité dans la zone corticale des informations visuelles, dans les aires motrices connectées aux mouvements de la bouche et de la langue, et dans les lobes pariétaux postérieurs, ce qui indiquerait une conscience accrue des limites du corps. Au lieu de quoi, c'est juste le *contraire*. Dans ces lobes, un flux sanguin grandement diminué, et un arrêt presque total de l'information dans le thalamus relayant les stimuli optiques, auditifs et tactiles. Et aussi, une énorme, vraiment énorme, *augmentation* de l'activité dans l'hypothalamus, les amygdales et les lobes temporaux.

– Que signifie toute cette activité accrue ?

– Plusieurs possibilités. Ce sont des aires en lien avec les émotions et certaines représentations mentales figuratives, aussi une telle activation peut-elle sous-entendre une attaque psychotique. Autre éventualité : ce profil est proche, pour partie, de ceux de moines en méditation profonde… Sauf qu'il faut aux méditants expérimentés des heures pour atteindre ce niveau, et quand bien même, il y a des différences dans les aires de la douleur… Et puis, bon… *Evelyn Krenchnoted* ?

– Pas vraiment du genre monastique, fit Carrie en riant. Est-ce que les scanners du Dr Erdmann montrent des aspects similaires ?

– Non. Pas plus que ceux d'Evelyn juste avant ou juste après son attaque. Je parlerais bien d'une épilepsie du lobe temporal, mais…

– Épilepsie ? » La voix de Carrie montait dans les aigus. « Est-ce qu'*attaque* veut dire *épilepsie* ? »

Jake l'examina intensément. Percevant la peur dans l'intervention de la jeune femme, il demanda d'un ton neutre : « Henry Erdmann a vécu quelque chose de proche, n'est-ce pas ? »

Tous deux se dévisagèrent. Avant même qu'elle parle, DiBella sut que Carrie mentirait. Une lionne dorée protégeant son petit — à ceci près que la lionne n'avait guère plus de vingt ans et que le lionceau, vieillard flétri, était sans doute la personne la plus intelligente que Jake ait jamais rencontré.

« Non, le Dr Erdmann ne m'a jamais parlé d'une attaque.

– Carrie…

– Et vous avez dit que son IRM paraissait complètement normale.

– En effet. » Jake semblait tout à coup battu.

« Je vais filer. Je voulais seulement vous apporter ces trucs pour décorer votre bureau. » Sa phrase à peine achevée, l'aide-soignante avait déjà vidé les lieux.

La boite contenait un paysage encadré que Jake n'accrocherait pour rien au monde (un chalet fleuri et une licorne), un mug dont il ne se servirait jamais (LE KAWA C'EST LA JOIE DU MATIN), un coussin moelleux en patchwork, un saintpaulia rose en pot, et un porte-crayons en tapisserie à fleurs jaunes. Malgré lui, le neurologue sourit. Ces cadeaux tombaient tellement à côté de la plaque que ça en devenait presque drôle.

Sauf qu'à la lumière de l'IRM inexplicable d'Evelyn Krenchnoted, rien n'était vraiment amusant. Elle devait lui fournir d'autres informations, passer une nouvelle IRM. L'idéal serait de l'avoir pour plusieurs jours à l'hôpital, branchée à un électro-encéphalogramme, afin de déterminer s'il pouvait établir un diagnostic définitif d'épilepsie du lobe temporal. Mais quand il avait appelé la vieille femme, elle avait refusé toute autre procédure médicale. Dix minutes à argumenter sans le moindre effet.

Lui restaient une anomalie inexplicable dans ses données, une tasse *trop choute* et aucune idée pour la suite.

✦

« Que faisons-nous ensuite ? » demanda Rodney Caldwell, l'administrateur en chef de Saint Sebastian. Tara Washington jeta un coup d'œil à Geraci, absorbé dans la contemplation du sol.

Un sol couvert de papiers et de petites boîtes blanches uniformes, avec des noms soigneusement inscrits au tampon : M. MATTISON, H. GERHARDT, C. GARCIA.

Fermées avec du scotch. Seule une boîte était ouverte, le ruban adhésif retiré. Sur du tissu reposait un collier : une croix copte en or ornée d'un unique petit diamant sur une chaîne fine et dorée. Le couvercle, adossé à la boite, disait : A. CHERNOV.

« Je n'ai touché à rien », poursuivait Caldwell avec une pointe de fierté. Grand, la cinquantaine, il possédait un visage long et coloré évoquant une carotte de dessin animé. « C'est ce qu'ils disent à la télé, non ? Ne touchez à rien. Mais c'est bizarre, hein, que le voleur se soit embêté à “faire sauter le coffre”… » Cette phrase semblait le ravir. « … sans rien prendre.

– Très étrange », confirma Geraci, levant enfin les yeux. Le coffre n'avait pas « sauté », le verrou demeurait intact. Tara guettait la réaction de son partenaire ; ce fut une déception.

« Reprenons au début une nouvelle fois, dit-il tranquillement. Vous étiez hors de votre bureau…

– Oui. Je suis monté aux soins palliatifs à onze heures et demie. Beth Malone était à l'accueil. Derrière son comptoir se trouve la seule porte vers la pièce où l'on conserve les fichiers des patients et le coffre. Beth affirme qu'elle n'a pas quitté son poste. On peut lui faire confiance. Dix-huit ans d'ancienneté. »

Mme Malone, principale suspecte jusque-là, et assez intelligente pour s'en rendre compte, pleurait dans une autre pièce sous la garde d'une policière en uniforme pourvue de mouchoirs, dans l'attente de son interrogatoire. Tara savait, d'après l'unique regard que lui avait jeté Geraci, que ce dernier avait écarté Malone de la liste.

C'était une de ces femmes consciencieuses entre deux âges, toujours prête à faire le bien, et qui ne se serait pas plus essayée au vol qu'à l'alchimie. Selon toute vraisemblance, elle avait abandonné son poste pour une action que la gêne l'empêchait encore d'avouer, et le voleur en avait profité pour pénétrer dans cette salle sans fenêtre derrière le comptoir. Tara s'amusait à imaginer Mme Malone quittant son poste pour retrouver son amant dans la lingerie. Elle sourit.

« Votre avis, inspectrice Washington ? » Geraci lui lança un coup d'œil.

Bon Dieu, *rien* ne lui échappait. À elle maintenant de trouver une idée. Tout ce qui lui vint en tête fut une question : « Est-ce que ce collier appartient à la ballerine Anna Chernov ?

– En effet, répondit Caldwell. Ravissant, n'est-ce pas ? »

Aux yeux de Tara, pas vraiment. Mais Geraci l'observait sans détour désormais, aussi comprit-elle que son partenaire ignorait qu'une célèbre danseuse vivait à Saint Sebastian. Le ballet, ça n'était pas son truc. Pour autant que la jeune policière s'en souvienne, c'était la première fois qu'elle connaissait un fait échappant à Geraci. Remerciant mentalement son excentrique grand-mère pour l'avoir traînée au Lincoln Center, Tara poursuivit : « Y a-t-il un résident qui éprouverait un certain intérêt envers Anna Chernov ? Un balletomane… » Elle espérait prononcer ce mot comme il convenait ; elle ne l'avait vu qu'écrit dans les programmes. « … ou un ami spécial ? »

Caldwell avait cessé d'écouter à partir de « résident » ; il prononça sèchement : « Aucun de nos pensionnaires n'aurait commis ce crime, inspectrice. Saint Sebastian est une communauté privée, et nous prêtons la plus grande attention à...

– Puis-je voir Mlle Chernov ? demanda Geraci.

– Anna ? répondit Caldwell avec nervosité. Mais Beth Malone attend que... Oh, entendu, si c'est la procédure. Elle se trouve à l'infirmerie, avec sa jambe cassée. Je vais vous guider. »

Tara redoutait déjà de se voir chargée de l'interrogatoire inutile de Mme Malone, mais son supérieur ne broncha pas. Une fois parvenus à la porte de l'infirmerie, il lui confia en revanche les rênes de la discussion à venir. La jeune enquêtrice ne se faisait aucune illusion : cela n'avait rien à voir avec ses connaissances éventuelles en matière de ballets. Tara avait déjà vu Geraci procéder de la sorte. Il aimait observer : l'oreille silencieuse, la part d'inconnu auprès de la personne interrogée.

Tandis que Caldwell expliquait à Anna Chernov la situation et faisait les présentations, Tara s'efforçait de ne pas trop fixer la danseuse. Elle était *magnifique.* Vieille, oui, soixante-dix ans peut-être, mais l'inspectrice n'avait jamais vu une personne de cet âge ressembler à ça. Pommettes hautes, immenses yeux verts, chevelure blanche négligemment nouée dont les rares mèches bouclées retombaient sur une peau pâle semblant moins ridée (bien qu'elle le fût) que patinée par le temps. Ses mains — longs doigts et poignets délicats — reposaient, tranquilles, sur le couvre-lit, tandis que ses épaules se tenaient droites sous sa veste blanche. Seule la protubérance du plâtre déparait cette impression de délicatesse, de froideur et de tristesse — la plus intense que Tara ait jamais vue. Une tristesse globale, songea confusément l'inspectrice, qui n'aurait su dire ce qu'elle entendait par « globale ». À part que le plâtre en représentait un bref aperçu.

« Asseyez-vous, je vous en prie, dit Anna.

– Merci. Comme M. Caldwell vous en a informé, il y a eu une effraction au rez-de-chaussée, dans la pièce du coffre-fort. La seule boîte ouverte portait votre nom et contenait un collier en or et diamant. C'est bien le vôtre ?

– En effet.

– Est-ce celui que Tamara Karsavina vous a offert. Celui que Nicolas II lui a donné ?

– Oui. » Anna regardait Tara avec davantage d'attention, mais pas moins de froideur.

« Mademoiselle Chernov, d'après vous, qui peut éprouver un tel intérêt pour ce collier ? Un journaliste qui aurait posé des questions insistantes là-dessus, ou quelqu'un vous écrivant des emails à son sujet ? Un résident, peut-être ?

– Je n'ai pas de boîte mail, mademoiselle Washington. »

L'usage voulait qu'on dise « inspectrice », mais Tara laissa couler.

« Quelqu'un vous vient à l'esprit ?

– Non. »

La danseuse n'avait-elle pas hésité un instant ? Possible. Tara continua à poser ses questions, mais constata bientôt qu'elle n'arrivait nulle part. L'impatience d'Anna

Chernov crût poliment. Pourquoi Geraci ne la coupait-il pas ? Elle devait poursuivre jusqu'à ce qu'il l'interrompe : il appelait ça « attendrir le témoin ». Les questions sans objet se succédèrent donc. Enfin, alors que Tara se trouvait à court d'idées, l'inspecteur demanda, presque l'air de rien : « Connaissez-vous le Dr Erdmann, le physicien ?

– Nous nous sommes rencontrés une fois.

– Avez-vous l'impression qu'il est amoureux de vous ? »

Pour la première fois, Anna parut amusée. « Je pense que son seul amour est la physique.

– Je vois. Merci du temps que vous nous avez accordé. »

Dans le couloir, désabusé, Geraci marmonna : « Le ballet… Le travail de police n'est plus ce qu'il était. Beau boulot, Washington.

– Merci. On fait quoi maintenant ?

– Maintenant, on trouve quel résident est amoureux d'Anna Chernov. Pas Erdmann, donc. Quelqu'un d'autre. »

La danseuse *avait* bel et bien hésité ! L'inspectrice, radieuse, suivit Geraci le long du couloir.

« Attention à ce que ça ne te monte pas à la tête, lâcha son partenaire sans la regarder.

– Aucune chance, rétorqua sèchement Tara.

– Bien. Un flic qui s'intéresse au *ballet*… Nom de Dieu. »

✦

*Le trouble du vaisseau s'accentuait. Sur de nombreuses années-lumière cubes entre les étoiles, l'espace-temps se tordait dangereusement. La nouvelle entité gagnait en puissance… et se trouvait encore si loin !*

*Ce n'était pas censé se dérouler ainsi.*

*Si le vaisseau avait découvert plus tôt cette nouvelle entité, les choses auraient suivi leur cours normal, en accord avec les lois de l'évolution. Tout évoluait — étoile, galaxie, conscience. Si le vaisseau s'était rendu compte que quelque part, dans ce coin reculé de la Voie lactée, existait le potentiel pour une nouvelle entité, il aurait accouru auprès d'elle pour la guider, la former, faciliter la transition. Ce n'était pas le cas. Aucun des signaux habituels ne s'était produit.*

*Et voilà que cela arrivait maintenant. Des images, encore faibles et à sens unique, atteignaient le vaisseau. Plus critique encore, l'entité lui soutirait du pouvoir, sans savoir comment le maîtriser. Vite, plus vite, il devait aller plus vite.*

*Impossible sans endommager irrémédiablement l'espace-temps, qui ne pouvait se reconfigurer autant, si souvent. Et pendant ce temps…*

*La chose, plus ou moins constituée, si lointaine encore, s'étirait, luttait, hurlait de peur.*

## 9.

Henry Erdmann avait peur.

Il pouvait à peine se l'avouer, et encore moins le laisser transparaître aux individus rassemblés en ce samedi matin dans son minuscule appartement. Assis en un cercle silencieux, ils occupaient son canapé, son fauteuil, les chaises de sa cuisine et d'autres sièges rapportés des logis voisins. À sa droite se trouvait Evelyn Krenchnoted, beaucoup trop proche de lui, elle et son parfum doucereux jusqu'à l'écœurement, ses cheveux coiffés en petites saucisses grises. Parce qu'ils pouvaient encore le faire, Stan Dzarkis et Erin Bass étaient assis par terre. La robe jaune de cette dernière offrait l'unique touche colorée au sein de tous ces visages cendrés. Vingt personnes, et peut-être y en avait-il davantage dans le bâtiment à être malades. Henry avait appelé ceux qu'il savait être touchés, qui avaient appelé les autres. Manquaient Anna Chernov, toujours à l'infirmerie, et Al Cosmano, qui avait refusé de venir.

Chacun l'observait, attendant qu'il commence.

« Je suppose que nous connaissons tous la raison de notre présence ici… » Henry sentit une sensation d'irréalité le submerger ; à vrai dire, il ignorait totalement ce qu'il fichait là. Les mots de Michael Faraday, inscrits sur les murs des bâtiments de physique de l'université de L.A., bondirent dans son esprit : « Rien n'est trop merveilleux pour être vrai. » L'ironie de la phrase le frappa. Si ce qui arrivait à Henry et à tous les autres n'avait rien de « merveilleux », c'était « vrai » dans un sens qu'il ne comprenait pas, bien qu'il fît de son mieux pour relier ces événements à la physique de la seule manière qui lui soit venue en tête après des heures de réflexions. Rien d'autre — rien de moins — n'était concevable.

« Chacun d'entre nous, poursuivit-il, a vécu récemment des événements, et une bonne première étape consiste à savoir si nous avons en effet connu les mêmes expériences. » *Collecter les données.* « Je vais commencer. En cinq occasions séparées, j'ai senti une certaine force s'emparer de mon esprit et de mon corps, comme si une décharge d'énergie me parcourait, une sorte de choc neurologique. Ça s'est révélé douloureux une fois, juste fatigant les autres. Qui a ressenti la même chose ? »

Henry calma le brouhaha qui suivit sa question en levant le bras. « D'abord, pouvez-vous seulement lever la main ? Qui a vécu cette expérience ? Tout le monde. D'accord, faisons le tour, et présentons-nous au fur et à mesure. Nous commencerons à ma gauche. Soyez aussi explicites que possible, mais contentez-vous de décrire, pas d'interpréter.

– Foutu prof », murmura quelqu'un. Henry ne vit pas qui, mais il s'en moquait. Son cœur battait plus vite, et il avait l'impression que ses oreilles s'étiraient au-delà de son appareil auditif afin de ne perdre aucune syllabe. De manière délibérée, il n'avait mentionné ni les heures de ses « attaques », ni les événements concomitants, afin d'éviter d'orienter les informations susceptibles d'être délivrées par les autres.

« John Kluge, du 3J. » Chauve, le visage rond et les traits épais, l'homme était doté d'une voix agréable, bien modulée. Professeur à l'université, supposa Henry. Histoire ou maths, et entraîneur de sport d'équipe. « C'était quasiment pareil pour moi, si ce n'est que j'ai senti l'énergie quatre fois. À 19h30, mardi soir, la première fois. La deuxième m'a réveillé mercredi à 23h42. J'ai relevé l'heure sur mon horloge de chevet. Pas la troisième fois, parce que je vomissais suite à l'intoxication alimentaire que nous avons tous subie jeudi, mais c'était juste avant les renvois, en milieu d'après-midi. Cette fois-là, la décharge d'énergie a débuté près de mon cœur, au point que j'ai cru à une attaque. La dernière fois remonte à hier, vers midi moins le quart, et en plus de l'énergie, j'ai eu… eh bien, une sorte de… » Il avait l'air gêné.

« Continuez, c'est important, dit Henry dans un souffle.

– Je répugne à parler de vision, mais des couleurs ont déferlé dans mon esprit, du rouge, du bleu, du blanc et, d'une certaine façon, de la… *dureté.*

– Le collier d'Anna Chernov ! » s'écria Evelyn d'une voix stridente, et la réunion partit en vrille.

Henry ne pouvait mettre fin aux bavardages frénétiques. Il voulait se lever, mais son déambulateur se trouvait dans la cuisine ; la place manquait dans ce salon plein à craquer. Il fut reconnaissant à Bob Donovan de glisser deux doigts dans sa bouche avant d'émettre un sifflement à même de rendre sourd n'importe quel chien de guerre. « Hé ! Fermez-la, on s'entend plus ! »

Le silence revint aussi vite qu'il était parti, et tout le monde jeta des regards noirs à ce type râblé vêtu d'un pantalon de sport trop large et d'un sweat en acrylique bon marché. L'intéressé lâcha un reniflement de mépris en se rasseyant. Henry profita de cette accalmie :

« M. Donovan a raison, nous n'apprendrons rien d'utile ainsi. Reprenons le cercle, et sans interruptions s'il vous plaît. Madame Bass ? »

Erin raconta pour l'essentiel les mêmes événements que John Kluge, excepté l'incident du mercredi soir, mais avec le léger étourdissement qu'Henry avait ressenti alors qu'il avait fait entrer Carrie chez lui peu avant le cours du mardi soir. Erin le décrivit comme « un murmure dans mon esprit ». Les seize personnes suivantes rapportèrent toutes des expériences sensiblement identiques pour le jeudi et le vendredi ; certaines semblaient ne pas avoir senti « l'énergie » le mardi, parfois même ni le mardi ni le mercredi. Henry était le seul à avoir subi les cinq occurrences. Tout au long de cette suite de témoignages, Evelyn se redressa plusieurs fois sur son siège, tel un geyser sur le point de jaillir. Henry, désireux d'éviter qu'elle interrompe les intervenants, posa une main sur son bras : une erreur, car elle plaça sa propre main sur la sienne avant de la presser affectueusement.

Enfin, ce fut le tour de la commère.

« Personne n'a eu mal la dernière fois, comme Henry jeudi, à part moi ! Je passais une IBM médicale à l'hôpital, et j'étais dans la machine et la douleur était horrible !

Horrible ! Et puis… » Elle ménagea une pause dramatique. « … j'ai vu le collier d'Anna Chernov pile au moment où on le volait ! Tout comme vous ! C'était ça, les "couleurs" dures, John. Des saphirs, des rubis, des diamants ! »

La cacophonie, une fois encore…

Malgré son inquiétude croissante, Henry soupira intérieurement. Pourquoi, *pourquoi* Evelyn Krenchnoted ? De tous les témoins indignes de foi…

« Je l'ai vu ! Je l'ai vu ! » criait-t-elle. Gina Martinelli avait commencé à prier d'une voix forte. Les gens jacassaient entre eux ou demeuraient assis, pâles et silencieux. Une femme que Henry ne connaissait pas fouilla dans sa poche d'une main tremblante avant d'en sortit un flacon de pilules. Bob Donovan tendit deux doigts vers ses lèvres.

Avant qu'il ne brise de nouveau les tympans de l'assistance, Erin Bass se leva avec grâce, frappa dans ses mains et s'écria d'une voix étonnamment puissante : « Stop ! On ne s'en sortira pas ainsi ! La parole est à Evelyn ! »

Peu à peu, le bavardage s'éteignit. Evelyn, désormais davantage excitée qu'effrayée par la portée de ses propos, se lança dans une description longue et incohérente de son « IBM », jusqu'à ce que Henry la stoppe de la seule manière qu'il connaissait : saisir sa main. Evelyn la serra à nouveau, rougit et dit : « Oui, mon cher…

– S'il vous plait, vous tous, parvint à articuler Henry. Il doit y avoir une explication à tout cela. » Toutefois, avant qu'il ne puisse poursuivre, Erin Bass passa de soutien à saboteuse.

« Oui, et je pense que l'on devrait refaire un tour de salle dans le même ordre afin que chacun puisse proposer ses explications. Mais *brièvement*, avant que trop de gens ne se fatiguent. John ?

– Ce pourrait être une sorte de virus affectant le cerveau, suggéra Kluge. Contagieux. Ou un polluant dans le bâtiment. »

Qui provoquerait la même hallucination chez différentes personnes et conduirait un coffre-fort à s'ouvrir ? Le mépris calmait Henry. Et il avait besoin de calme. Chaque personne dans ce salon avait mentionné le sursaut « d'énergie » de jeudi après-midi, un phénomène localisé dans la région du cœur, mais personne à part lui ne savait que Jim Peltier, au même moment, avait été victime d'une crise cardiaque inexplicable tandis qu'il battait Carrie.

« Ce que nous voyons du monde, disait Erin, est juste la *maya*, l'illusion de permanence quand, en fait, toute réalité est en flux constant et en changement. Ce qu'il se passe ici est au-delà du monde des concepts intellectuels et des distinctions. Nous percevons des fragments de la nature évolutive de la réalité, l'immanence réellement indifférenciée qui vient d'habitude avec le nirvana. Ces aperçus sont imparfaits, mais pour quelque raison, notre karma collectif nous les a octroyés. »

Bob Donovan, le suivant dans le cercle, grogna : « Conneries. On a tous un virus du cerveau, comme Kluge l'a dit, et c'est un camé qu'a ouvert le coffre-fort. Les flics enquêtent là-dessus. On ferait mieux de tous voir un toubib, même s'ils ne peuvent pas grand-chose pour soigner les gens. Et ceux qu'ont eu mal, Henry, Evelyn, ils ont eu le virus plus fort. »

La plupart des personnes autour du cercle firent écho à la théorie du virus cérébral, certains avec un faible scepticisme, d'autres avec le soulagement évident d'avoir trouvé une explication. Une femme dit lentement : « Cela pourrait être le début d'Alzheimer. » Un homme haussa les épaules et répondit : « C'est la volonté de Dieu. » Son voisin détourna le regard en secouant la tête.

« C'*est* la volonté de Dieu ! déclara Gina Martinelli. C'est la fin des temps et on nous en montre les signes. Si seulement nous faisions attention. "Vous aurez une tribulation de dix jours. Sois fidèle jusqu'à la mort, et je te donnerai la couronne de vie." Et…

– C'est peut-être la volonté de Dieu », la coupa Evelyn, incapable de se contenir plus longtemps. « Mais c'est vraiment étrange. J'ai vu en esprit ce collier tout comme je te vois, et au même moment, on le dérobait dans le coffre ! D'après moi, ça n'est pas Dieu, ni le diable non plus, sinon le vol aurait été réussi, tu vois ce que je veux dire ? Le diable sait ce qu'il fait. Non, c'était un message, d'accord, mais de ceux qui sont partis avant nous. Mon oncle Ned voyait des esprits tout le temps, ils lui faisaient confiance, je me souviens d'une fois, nous étions descendus petit-déjeuner, et toutes les tasses avaient été retournées alors que personne ne se trouvait dans la pièce et oncle Ned a dit… »

Henry cessa d'écouter. Fantômes. Dieu. Mysticisme oriental. Virus. Alzheimer. Rien qui ne corresponde aux faits, qui respecte ne serait-ce qu'un minimum les lois de l'univers. Ces gens avaient la capacité de raisonnement d'un termite.

Evelyn jacassa encore un peu avant de réaliser que son auditoire lui prêtait de moins en moins attention, découragé ou tout simplement assoupi. Dans le fauteuil en cuir d'Henry, Irene Bromley ronflait paisiblement.

« Henry ? » interrogea Erin Bass.

Il lui jeta un regard désespéré. Il voulait décrire l'expérience des fentes de Young sur les photons, expliquer que, dès qu'on ajoutait des détecteurs pour mesurer les trajectoires des faisceaux de protons, celles-ci devenaient prédéterminées, même si l'on coupait le détecteur *après* l'envoi de la particule. Il avait prévu de détailler comment cette stupéfiante série d'expérimentations avait changé à tout jamais la physique, incluant l'observateur dans les mesures basiques de la réalité. La conscience était tissée dans l'étoffe même de l'univers, et ce constat majeur semblait l'unique façon de relier cette assemblée si disparate aux événements extraordinaires qui se produisaient.

Sauf que même à ses propres yeux, son « explication » semblait bancale — Feynman ou Teller auraient ricané de mépris. Sans oublier que la simple idée d'exprimer ses idées devant ces individus irrationnels — pour moitié ignares, pour l'autre fêlés — le répugnait. Tous rejetteraient sa théorie, et qu'y gagnerait-il ?

Rien, sans doute, mais il était à l'origine de cette réunion et n'avait pas grand-chose d'autre à proposer.

Henry s'empêtra dans ses explications, s'évertuant à rendre ses postulats de physique aussi clairs que possible.

La plupart des visages exprimèrent bientôt une incompréhension irrémédiable.

« Je ne veux pas dire, conclut-il, qu'il y a une sorte d'altération de la réalité en cours, via la conscience de groupe. » Mais n'était-ce pas, justement, ce qu'il *venait* d'affirmer ? « Je ne crois pas à la télékinésie ou à n'importe quelle bêtise du genre. En vérité, j'ignore ce qui se passe. Mais il se passe quelque chose. »

Il se sentait un idiot fini.

« Personne ne sait quoi que ce soit, répliqua Donovan. Je vous ai tous entendus et personne n'a rien compris. J'ai vu le collier d'Anna Chernov. Les flics me l'ont montré hier en m'interrogeant. Le collier, y a pas de saphir ou de rubis, juste un petit diamant. T'es complètement stupide, Evelyn, de croire que ton attaque a quelque chose à voir avec ça. Et depuis quand on sait que t'as eu mal pile au moment où le coffre était forcé ? Tout ce qu'on a, c'est ta parole !

– Vous êtes en train de dire que je suis une menteuse ? s'écria Evelyn. Henry, dites-lui ! »

*Lui dire quoi ?* Surpris, Henry dévisagea le moulin à paroles qui lui tenait toujours la main.

« Je ne pense pas, déclara vertement John Kluge, que Henry mente au sujet de *sa* douleur. »

Evelyn se tourna vers Kluge.

« Ça veut dire que c'est *moi* qui mens ? Bon Dieu, vous vous prenez pour qui ? »

Son interlocuteur entreprit de le lui détailler, à commencer par son ancienne activité de notaire. D'autres vieux se disputaient. Evelyn se mit à pleurer, Gina

Martinelli reprit sa prière à voix haute. Erin Bass se leva pour s'éclipser par la porte. Certains la suivirent. Ceux qui n'avaient pas bougé poursuivaient leurs querelles, les arguments gagnant en intensité à mesure qu'ils échouaient à convaincre du bien-fondé des théories qu'ils soutenaient. Au milieu de la colère et du mépris ambiants, Carrie Vesey apparut soudain aux côtés d'Henry, son joli visage tordu d'inquiétude.

« Henry ? fit-elle d'une voix aigüe et fatiguée. Bon Dieu, que se passe-t-il ? On entend votre boucan depuis le rez-de-chaussée… De quoi parlez-vous ?

– De rien », dit-il, ce qui constituait la réponse la plus sotte qu'on puisse imaginer. Les jeunes considéraient d'ordinaire les anciens comme une espèce distincte, quelque chose d'aussi éloigné de leurs préoccupations que, disons, les trilobites. Carrie était différente. Elle avait toujours traité le nonagénaire comme s'ils habitaient le même monde, se trouvaient soumis aux mêmes passions, aux mêmes excentricités, buts et défaites. Et voilà que pour la première fois, l'aide-soignante le regardait comme elle le ferait d'une étrange bizarrerie — la cerise sur le gâteau de cette réunion désastreuse.

« Mais, Henry…

– J'ai dit que ça n'était rien ! cria-t-il. Rien du tout ! Maintenant, bordel, laisse-moi seul. Fichez-moi tous la paix ! »

## 10.

Dans les toilettes pour femmes, Carrie tâchait de reprendre contenance. Elle n'allait *pas* pleurer. Même si le Dr Erdmann ne lui avait jamais parlé sur ce ton, même si, depuis la mort de Jim, elle se sentait sur le point de s'effondrer à tout instant, même si… Dans tous les cas, elle *n'allait pas pleurer.* Ridicule. Elle était une professionnelle — du moins, une aide-soignante professionnelle — et Henry Erdmann un vieil homme. Les vieux sont parfois irritables. Cet incident ne signifiait rien.

Sauf qu'elle se mentait. Elle s'était tenue auprès de la porte de l'appartement du docteur tandis que les gens en sortaient, lui adressant de vagues sourires, et qu'Evelyn Krenchnoted jacassait à l'intérieur. Cette réunion sans précédent avait d'abord piqué sa curiosité : Henry Erdmann, organisant une fête à dix heures un samedi matin ? Prêtant attention aux paroles de la commère, l'incrédulité l'avait saisie. Evelyn voulait dire… Evelyn pensait… et même Erdmann croyait que « quelque chose » d'étrange, inexplicable, de surnaturel, avait eu lieu au moment où la vieille bique passait son IRM. *Henry !*

Pourtant, c'était bien les scanners d'Evelyn qui stupéfiaient Jake DiBella.

La porte des toilettes s'ouvrit, livrant passage aux premières visiteuses du samedi ; une femme entre deux âges accompagnée d'une adolescente boudeuse. « Honnêtement, Hannah, disait la plus âgée, ce n'est qu'une heure dans ta précieuse journée, et ça ne va pas te tuer de passer un peu de temps avec ta grand-mère et de te concentrer sur autre chose que ta petite personne, pour changer. Si seulement… »

Carrie se rendit au bureau de DiBella. Le neurologue y travaillait. Nul signe du tableau, du coussin, du mug ; elle ne put réprimer un pincement au cœur ridicule. Il ne voulait pas de ses objets. Une part d'elle-même. Un autre échec.

« Docteur DiBella…

– *Jake*. Vous vous souvenez ? Que se passe-t-il, Carrie ?

– Je reviens de l'appartement du Dr Erdmann. Lui et une vingtaine de résidents y tenaient une réunion, et tous ont senti ces “attaques” — peu importe ce que c'est — en même temps. Comme ce que vous avez capté sur l'IRM d'Evelyn.

– Qu'entendez-vous par “en même temps” ? » DiBella la dévisageait.

« Rien de plus. » Son propre ton l'étonna : aucun tremblement dans la voix. « Ils disent qu'au moment où Evelyn montrait toute cette activité bizarre dans l'IRM, chacun d'entre eux la ressentait aussi, mais en moins fort. Et c'était à l'heure précise où le collier d'Anna Chernov se faisait voler. Et tous ont vu le bijou en esprit. » Sauf que… M. Donovan n'avait-il pas dit que le collier ne ressemblait pas à la description d'Evelyn ? Carrie se sentit gagnée par une certaine confusion.

Jake baissa les yeux sur ce qu'il écrivait, les ramena sur l'aide-soignante, puis à nouveau sur ses notes. Il contourna son bureau et ferma la porte. Prenant Carrie par le bras, il la fit asseoir gentiment sur la chaise visiteur que n'ornait pas son coussin. La jeune femme ne put s'empêcher de frissonner au contact de la main du chercheur.

« Le Dr Erdmann est impliqué dans tout ça ? Racontez-moi, Carrie. Prenez votre temps. Et n'omettez aucun détail. »

✦

Evelyn Krenchnoted se dirigeait vers l'appartement de Gina Martinelli, au quatrième. Vraiment, Henry s'était montré d'une impolitesse abominable — envers cette pauvre jeune fille, bien sûr, envers les participants à la réunion, naturellement, envers elle-même, surtout. Il ne l'avait pas soutenue quand cet affreux Donovan l'avait traitée de menteuse, il n'avait pas reposé sa main sur la sienne, il avait juste crié encore et encore — et ce alors que les choses commençaient à aller si bien entre eux deux.

Evelyn devait parler à Gina. Non que son amie se soit montrée d'une grande aide lors de la réunion, avec ses incantations. Mais Gina était bien plus maligne qu'elle ne le paraissait ; elle avait travaillé comme spécialiste en déclarations d'impôts à temps partiel — tout le monde l'ignorait, puisqu'elle n'ouvrait la bouche que pour prier. Il n'y avait rien de mal à prier, certes. Bien sûr, Evelyn croyait en Dieu. Mais il fallait y mettre un peu du sien pour L'aider si on voulait vraiment que les choses avancent. Le Seigneur ne pouvait pas tout faire.

Evelyn avait même frisé ses cheveux pour Henry.

« Gina ? Chérie ? Je peux entrer ?

– Tu es déjà à l'intérieur… » Gina parlait fort, car elle avait mis un disque de Frank Sinatra. Elle *adorait* Frank Sinatra. Pour une fois, elle ne lisait pas sa Bible, un bon signe, estima Evelyn tout en s'avachissant sur le canapé.

« Alors, tu as pensé quoi de la réunion ? » Evelyn n'aspirait qu'à deux ou trois bonnes heures de papotage, histoire de se réconforter. Elle se sentirait mieux après. Moins horrifiée. Moins effrayée.

Au lieu de quoi, Gina répondit : « Il y avait un message sur le répondeur quand je suis revenue. Ray vient la semaine prochaine. »

Mon Dieu, le fils de Gina. Qui n'en avait qu'après son argent. Ray ne lui avait pas rendu visite depuis plus d'un an, mais sa mère lui avait annoncé qu'elle léguait tout à sa sœur… et le legs était important. Le défunt mari de Gina avait fait fortune dans le bâtiment.

« Oh, ma chérie », fit Evelyn sans grande conviction. D'ordinaire, elle aurait adoré partager l'angoisse de son amie tout en se réjouissant de ne pas avoir d'enfant. Mais ces jours-ci, avec tous ces événements… Henry et la tentative de vol et son attaque et tous ces propos bizarres à la réunion…

Frank Sinatra chantait qu'il avait de grands espoirs. Gina fondit en larmes.

« Ma chérie… » répéta Evelyn. Elle passa un bras autour des épaules de son amie, se résignant à l'entendre parler de l'égoïsme de Ray Martinelli.

✦

À l'infirmerie, Bob Donovan était assis à côté du lit d'Anna Chernov. Ce pauvre garçon ne comprenait décidément rien. Elle allait devoir l'ignorer, ou bien lui expliquer longuement qu'elle ne voulait plus de ses visites. La simple vue de cet homme trapu, maladroit, affublé d'un visage de grenouille, la faisait frissonner. C'était injuste, certes, mais c'était comme ça.

Elle avait dansé avec tant d'hommes magnifiques.

Lequel était le meilleur ? Frederico, son partenaire pour *La Valse* — jamais on ne l'avait soulevée avec si peu d'efforts. Jean, dans la symphonie Écossaise, était à couper le souffle. Mais celui vers lequel elle revenait sans cesse, c'était Bennet. Après avoir quitté le New York City Ballet pour l'American Ballet Theater, et après le décollage de sa carrière, ils avaient toujours dansé ensemble. Bennet, aussi époustouflant qu'Albrecht dans *Giselle*… Invités à un gala à l'Opéra de Paris, ils avaient eu droit à dix-sept rappels et…

Les propos de Donovan réclamaient son attention.

« Pouvez-vous répéter, Bob, s'il vous plait ?

– Quoi ? La théorie farfelue de pépé Henry ? Du charabia scientifique !

– Voulez-vous bien la répéter néanmoins ? »

Elle tâcha d'afficher un sourire, auquel il répondit avec un enthousiasme pathétique. « Bon, si vous voulez. Erdmann a dit, que je me souvienne… » Donovan plissa son visage déjà fort crevassé, sollicitant sa mémoire. Anna se trouvait méchante ; une fois de plus. Après tout, parmi ses semblables, il n'était probablement pas si laid. Et d'ailleurs, valait-elle beaucoup mieux ? Ces temps-ci, se regarder lui était insupportable. Sans parler de cet horrible plâtre dont la vue l'emplissait de désespoir.

« Erdmann a parlé d'expériences de physique, un truc avec deux… plantes ? Quand les esprits des gens changent le parcours de petites… particules… rien qu'en y pensant. Ou peut-être en les regardant. Et il y avait aussi le lien entre les gens qui ont eu cette soi-disant énergie en même temps. Connaissance de groupe. Une nouveauté. »

*Conscience*, traduisit Anna. Conscience de groupe. Eh bien, qu'y avait-il de si étrange ? Elle l'avait ressentie plus d'une fois sur scène, quand le groupe de danseurs transcendait ce qu'ils étaient individuellement, devenait une unité se mouvant avec la musique pour créer de la beauté. De tels moments s'apparentaient à ses yeux au sentiment religieux.

Bob continuait à parler, rapportait les propos des autres participants avec son absence de grammaire dans un effort désespéré pour lui plaire. Anna cessa de l'écouter. Ses pensées la ramenaient à Bennet, avec qui elle avait expérimenté une alchimie incroyable, sur scène et en-dehors. Bennet qui la soulevait lors du *grand pas de deux* du deuxième acte, l'élevant au-dessus de la scène inclinée, s'élevant lui-même tel un nuage angélique tandis qu'elle planait, volait presque…

✦

« Répétez-moi ça, dit Jake.

– Encore ? » C'était la troisième fois. Carrie ne s'en formalisait pas : elle n'avait pas eu l'attention du neurologue, ni celle de personne, à vrai dire, depuis la mort de Jim. Non pas qu'elle désirât le retour de celui-ci — cette pensée la fit frissonner une nouvelle fois en même temps qu'elle l'agaçait. « Pourquoi ? D'après vous, tout ça, c'est de la conscience collective ?

– Non, bien sûr. Pas sans confirmation… Mais Erdmann est un scientifique. Quelles autres données possède-t-il et qu'il ne vous a pas communiquées ?

– J'ignore de quoi vous parlez. » Elle ne mentait pas : cette conversation la dépassait. Détecteurs de photons, expériences à deux fentes, prédétermination causée par l'observation… Sa mémoire était bonne, mais Carrie savait qu'il lui manquait la culture scientifique pour interpréter ces termes. Son ignorance l'irritait.

« Henry a expérimenté deux fois cette "énergie" en votre présence, m'avez-vous dit. Les autres occasions ont eu lieu quand vous n'étiez pas en sa compagnie.

– Comment le saurais-je ? Demandez-lui !

– Je le ferai. J'interrogerai tout le monde.

– Ça me parait idiot. » Son ton l'effraya aussitôt, mais Jake se contenta de l'observer d'un air pensif.

« Oui, ça me semble stupide aussi. Mais Henry a raison sur un point : il se passe quelque chose. Nous avons des données fiables avec l'IRM d'Evelyn, avec le fait que le coffre a été ouvert sans que le verrou soit trafiqué ou affiche le bon code…

– Ce n'était pas le cas ?

– L'inspecteur me l'a confié hier, quand il posait ses questions. Et le médecin d'ici m'a permis de consulter les résultats des analyses de toutes les personnes admises à l'infirmerie jeudi soir. Courtoisie professionnelle. Il n'y a eu aucune intoxication alimentaire.

– Vraiment ? » La jeune femme sentit un frisson glacé l'envahir.

DiBella acquiesça et demeura songeur un long moment. Carrie osait à peine respirer. Enfin, le neurologue demanda :

« Carrie, avez-vous déjà entendu parler du principe de complexité émergente ? »

Il prononça cela lentement, comme à contrecœur, ou dans l'attente d'une meilleure idée. Et ce fut bien la seule chose de son discours que l'aide-soignante saisit.

✦

« J'ai *tout* fait pour ce garçon, sanglotait Gina. Tout !

– C'est évident. » Evelyn estimait même que son amie en avait trop fait. Toujours à lui avancer de l'argent à chaque fois qu'il perdait un emploi, toujours à le laisser rentrer à la maison et saccager l'endroit. Ce dont ce gamin avait toujours eu besoin, en définitive, c'était d'une bonne raclée.

« Angela n'a pas mal tourné. »

Evelyn acquiesça. La fille de Gina était adorable. Allez comprendre.

« Et maintenant que je me suis mis enfin dans la tête que Ray ne faisait plus partie de ma vie, que je m'y tenais, le voilà qui prend un avion pour revoir "sa vieille môman" qu'il aime ! Il va tout fiche en l'air, comme lorsqu'il est parti de l'Armée ou quand il a divorcé de Judy et que j'ai dû lui dénicher cet avocat à New York… Evelyn, personne, absolument *personne* d'autre que ton enfant ne peut te dévaster.

– Je sais », dit Evelyn, qui ne savait pas. Elle continua à émettre de petits gloussements tandis que Gina sanglotait. Un avion rugit au-dessus de leurs têtes et Sinatra chantait combien il avait passé une superbe année quand il avait vingt et un ans.

✦

Bob saisit la main d'Anna. Qui le repoussa. Si elle se montrait douce, c'était pour se protéger, pas par égard pour lui. Elle ne voulait pas d'esclandre. Son toucher la révulsait. Mais, oh, la chaleur de Bennet… ou Frederico… Quoi qu'il en fût, la danse lui manquait. Et elle ne danserait jamais plus. Les docteurs lui avaient dit qu'elle ne pourrait pas marcher sans boiter.

Ne plus danser. Ne plus sentir ses jambes bondir en un *balloté*, planer dans l'exubérance d'un *jeté*, dos arqué, bras en arrière, une flèche en un vol extatique.

✦

« Carrie, avez-vous déjà entendu parler du principe de complexité émergente ?

– Non. » Encore une fois, Jake DiBella allait la faire se sentir bête, même si ce n'était pas son but. Et tant qu'elle se trouverait dans son bureau, elle écouterait. D'ailleurs, c'était peut-être cela dont il avait besoin, une personne à l'écoute. Peut-être avait-il besoin d'elle. Et peut-être qu'écouter le neurologue l'aiderait à se réconcilier avec le Dr Erdmann…

Jake humecta ses lèvres ; son visage demeurait couleur d'aspirine. « La "complexité émergente" sous-entend que, lorsqu'un organisme se complexifie, il développe des processus qui ne dérivent pas de ceux qu'il avait sous sa forme plus simple. En d'autres termes, le tout devient supérieur à la somme des parties. Grâce à cela, nos ancêtres humains primitifs ont développé la conscience de soi. Une plus grande conscience. Une nouveauté dans l'évolution. »

Un vieux souvenir revint à Carrie. « Je crois qu'un pape — j'ai eu une éducation catholique —, l'un des Jean-Paul, il me semble, a dit que Dieu, à un moment, avait insufflé l'âme dans l'héritage animal. Donc, que l'évolution n'était pas vraiment anticatholique. »

Jake parut regarder à travers la jeune femme, vers un point visible de lui seul. « Exactement. Dieu, l'évolution, un type nommé Fred... Peu importe comment, mais la conscience a émergé. Et maintenant, si l'étape suivante dans la complexité est... si... »

Carrie se sentait à fleur de peau. Peut-être à cause du fil de pensée de DiBella, ou bien parce que ce dernier semblait agir comme si elle n'était pas là.

« Mais pourquoi maintenant, demanda-t-elle sèchement. Et pourquoi *ici* ? »

Sa question ramena le regard de DiBella sur sa vis-à-vis. Il lui fallut un moment pour composer sa réponse, le temps qu'un avion décolle de l'aéroport. L'aide-soignante retint son souffle. Mais les seules paroles de Jake se résumèrent à un piteux « Je ne sais pas ».

✦

Gina s'était tant et si bien excitée qu'elle ne priait même plus. Ray, Ray, Ray... Ce n'était pas de lui dont voulait parler Evelyn, qui n'avait jamais vu son amie dans un tel état. D'un coup, Gina se remit à pleurer comme une fontaine, noyant Sinatra qui demandait en chantant à ce qu'on le fasse voler jusqu'à la Lune.

« Je voudrais qu'il ne vienne pas. Je voudrais tant que son avion aille vers une autre ville ou ailleurs, mais qu'il n'atterrisse pas ici ! Je ne veux pas de lui ! »

✦

Ne plus jamais danser. Et un amour seulement exprimé par des d'hommes comme Bob Donovan… Non. *Non.* Anna préférait la mort.

✦

« Eh bien, je n'y crois pas, déclara Carrie. Cette complexité émergente… je ne crois tout simplement pas que cela puisse arriver à Saint Sebastian.

– Moi non plus. » Pour la première fois depuis qu'elle était entrée, Jake lui sourit.

À l'extérieur du bâtiment, une détonation effroyable retentit tout à coup.

Carrie et Jake se précipitèrent à la porte. L'aide-soignante pensa aussitôt à un attentat, une voiture piégée ou quelque chose de similaire, parce que tout le monde parlait de terrorisme ces derniers temps. Mais pourquoi attaquer une résidence pour personnes âgées ? Ce devait être l'explosion d'une conduite de gaz, ou un accident de bus, ou…

Henry Erdmann apparut sur le seuil du bureau, sans son déambulateur. Il s'appuya contre le chambranle, ses yeux creux écarquillés, la bouche ouverte. Avant que Carrie n'ait le temps de bondir à son aide, il s'effondra en croassant : « Appelle la police. Nous avons abattu un avion. »

✦

*L'angoisse déchirait le vaisseau. Pas sa propre douleur, mais celle de l'Autre. Pas de conseils, pas de direction, il enrageait, sauvage et indiscipliné. Si cela continuait, le vaisseau perdrait toute force sans pouvoir y remédier.*

*Si cela continuait, l'Autre endommagerait jusqu'à l'espace-temps.*

*Le vaisseau ne pouvait permettre une telle chose.*

## 11.

Quand Henry Erdmann s'effondra, DiBella se précipita vers le vieillard. Carrie demeurait médusée — idiote, idiote !

« Allez chercher le toubib ! » Jake criait. « *Allez*, Carrie ! Il est vivant ! »

Elle sortit en trombe du bureau, et manqua trébucher sur le déambulateur laissé par Henry dans le couloir. Il voulait sans doute voir le neurologue quand cela — *mais quoi ?* — était survenu. La jeune femme se rua vers le hall d'entrée, son esprit à ce point troublé qu'elle ne réalisa qu'au moment où elle ouvrait la double porte combien il aurait été plus rapide d'appuyer sur le bipeur du vieil homme. Pour peu qu'il l'ait eu sur lui, ce qui n'avait rien d'acquis…

Carrie s'arrêta net, stupéfaite.

Le hall d'accueil était empli de gens hurlants, des visiteurs pour l'essentiel. Au sein de cette agitation, les personnes âgées reposaient là où elles étaient tombées, ou restaient pétrifiées, avachies dans leur fauteuil roulant. On était samedi matin, le moment de la semaine où les proches arrivaient pour emmener leur mère, leur grand-père ou leur arrière-grand-mère prendre un brunch, faire une balade ou un tour à la maison… Emmitouflés dans des survêtements, des vestes, des châles, les seniors gisaient, effondrés comme autant de sacs de linge. Les infirmières, les aides-soignantes, même les bénévoles de l'accueil se penchaient au-dessus des victimes, en vain.

La peur tordit l'estomac de Carrie tout en aiguisant ses sens de manière prodigieuse.

M. Alberstein, résident de Saint Sebastian malgré ses soixante-sept ans, se tenait auprès des ascenseurs, manifestement en forme. Mme Kelly ouvrait grand la bouche, alerte dans son fauteuil roulant. Elle avait soixante et onze ans. M. Schur…

« Infirmier ! Vite, c'est le Dr Erdmann ! »

Carrie avait attrapé le revers de la blouse violette, mais l'homme se libéra pour se précipiter vers une vieille femme allongée par terre. Tout le monde ici était trop occupé pour l'aider, aussi Carrie repartit-elle en courant vers le bureau de Jake.

Henry gisait toujours à même le sol, tranquille. Le neurologue l'avait installé sur le dos, un coussin sous les pieds — son coussin, songea Carrie, hébétée, celui en patchwork, son cadeau. Le bipeur d'alerte n'était dans aucune des poches du nonagénaire.

« Personne ne peut venir, dit-elle. C'est arrivé à tous…

– Tous qui ? demanda vivement Jake.

– Ceux de plus de quatre-vingts ans, répondit l'aide-soignante sans réfléchir. Est-ce qu'Henry…

– Il respire normalement, son teint est bon, sa peau n'est pas moite. Il n'est pas en état de choc. Il est… KO. *Tous ceux de plus de quatre-vingts ans ?*

– Oui. Non. Je ne sais pas pour l'âge, je voulais dire que ce sont les plus vieux, dans le hall, qui sont tombés.

Les résidents plus jeunes semblent aller bien… Que se passe-t-il, Jake ?

– Aucune idée. Carrie, faites-moi une faveur : allez dans une des salles communes, allumez la télé sur une chaîne locale et regardez s'il n'y a pas eu… un accident d'avion. »

Il se tut. Dehors, les sirènes hurlaient.

✦

Henry ne se réveilla pas.

Toutes les ambulances du Redborn Memorial Hospital avaient filé sur le lieu du crash. Le personnel de Saint Sebastian déplaça les malades dans le réfectoire, qui prit bientôt des allures d'hôpital improvisé paisible. Les résidents atteints ne bougeaient pas, ne gémissaient pas, ne nécessitaient aucun traitement d'urgence, exceptée une femme qui s'était brisé la hanche lors de sa chute et qu'on transféra au Redborn. Les moniteurs médicaux devaient rester à l'étage des soins palliatifs, dont presque tous les occupants étaient tombés dans le coma, mais on en apporta malgré tout quelques-uns à l'infirmerie. Ils ne révélèrent aucune anomalie cardiaque ou de pression artérielle.

Les proches appelaient leurs médecins de famille, veillaient auprès des lits de camp ou harcelaient le personnel de l'hospice, qui répétait inlassablement : « Le Redborn Memorial est informé de la situation et va prendre en charge les résidents de Saint Sebastian dès que possible. S'il vous plait, monsieur, si vous voulez bien… »

Il faut juste patienter. Croyez bien que nous faisons de notre mieux. Soyez rassuré par le visage paisible de votre mère. Acceptez que nous en sachions aussi peu que vous. Fichez-moi la paix !

Carrie s'enquit de l'état des résidents qu'elle suivait. Tous étaient touchés, la plupart étaient tombés dans leur appartement, et tous avaient été transférés à l'infirmerie. Pas un seul n'avait moins de quatre-vingts ans.

Quittant le logement de M. Cosmano — vide, Al se trouvait sans aucun doute ailleurs lorsque cela s'était produit —, elle se hâtait vers l'infirmerie quand un homme saisit son bras.

« Hé, madame Vesey ! »

L'un des deux inspecteurs enquêtant sur la mort de Jim. Les entrailles de la jeune femme se nouèrent.

« Oui ?

– Où je peux trouver l'administrateur de l'hôpital ? Caldwell ?

– Pas ici, il est en weekend mais on est parti le chercher… Pourquoi ?

– Je dois le voir. Qui est le responsable ? Et, bon Dieu, que s'est-il passé ? »

Aucun rapport avec Jim… Mais ça restait un flic. Une part de son esprit frissonna — Jim était aussi un flic —, mais curieusement, elle se sentit rassurée. Autorité officielle. Quelqu'un qui enquête et trouve des réponses. Sécurité. C'était l'une des raisons pour lesquelles Carrie avait épousé Jim.

Aussi calmement que possible, elle répondit : « Nous subissons une… une épidémie de perte de conscience parmi les pensionnaires les plus âgés. Tous en même temps. Il y a une demi-heure.

– Une infection ?

– Non… » Elle entendit la certitude dans sa propre voix — un truc au moins dont elle était certaine. « Au moment où l'avion s'est écrasé. »

Le flic parut abasourdi, ce qui pouvait se comprendre. « Je vais vous amener au Dr Jamison. C'est le médecin de Saint Sebastian. »

Il ne se trouvait pas dans le réfectoire. Guidant Geraci, Carrie le dénicha dans les cuisines, en plein concours de hurlements avec Jake DiBella. « Bordel, non ! Hors de question que vous perturbiez les proches plus qu'ils ne le sont déjà avec votre théorie aussi stupide que bancale. *Non !* »

Jamison prenait la direction du réfectoire d'un pas raide.

« Docteur, voici… » commença Carrie, mais Jamison passa à son niveau sans même lui jeter un regard. L'aide-soignante s'attendait à ce que Geraci emboite le pas du médecin, au lieu de quoi l'inspecteur interrogea Jake sur son identité.

« Vous êtes qui, d'abord ? »

Carrie n'avait jamais vu DiBella si impoli. Mais il était furieux, frustré et effrayé. Tout le monde était effrayé.

« Inspecteur Geraci, police. Vous travaillez ici ?

– C'est le Dr DiBella, intervint vivement Carrie avant que les deux hommes ne s'échauffent. Il mène un projet de recherches à Saint Sebastian sur… sur les ondes cérébrales.

– J'ai reçu un appel anonyme, annonça l'inspecteur. Moi, pas le commissariat, sur mon portable, depuis l'accueil de l'hospice. Mon interlocuteur m'a dit que je trouverais ici des informations sur le crash. Qu'en pensez-vous, docteur ? »

Geraci était persuadé que Jake savait quelque chose, c'était manifeste, tout dans son attitude corporelle le sous-entendait.

DiBella ne répondit rien, se contenant de fixer le policier, qui reprit enfin : « L'avion s'est écrasé à un kilomètre d'ici. Quarante-neuf passagers, dont trente-et-un membres du Club du troisième âge Poker d'as. Ils allaient passer trois jours aux casinos d'Atlantic City. Aucun survivant.

– Je ne peux pas vous parler maintenant, dit Jake. Je dois effectuer mes relevés tant que ces gens sont endormis. Quand cet abruti de Jamison s'en sera rendu compte et m'aura foutu à la porte, on aura tout le temps qu'on veut. Carrie, j'ai besoin de votre aide. Allez à mon bureau et posez tout le matériel que vous y trouverez sur le chariot. Cachez ça sous une couverture, et ramenez-le ici aux cuisines. Vite ! »

Elle hocha la tête et déguerpit si précipitamment qu'elle ne s'aperçut pas que Geraci était sur ses talons avant d'avoir atteint le bureau du chercheur.

« Laissez-moi porter ça, c'est lourd, dit l'inspecteur.

– Non, ça ne l'est pas. » Elle trimballa la console jusqu'au chariot. « Vous ne devriez pas interroger les gens ?

– C'est ce que je fais. DiBella vous parle toujours comme ça ? »

Bonne question… Elle n'avait pas remarqué. « Non. » Elle ajouta le casque et les périphériques sur le dessus de la console puis chercha des yeux une couverture. En vain.

« Vous travaillez pour DiBella ou le Saint Sebastian ?

– Le Saint Sebastian. Je dois aller à la lingerie. »

Quand elle revint avec une couverture, Geraci lisait les papiers sur le bureau de Jake. Il avait le droit de faire ça ? Comme elle jetait la pièce de tissu sur l'équipement, l'inspecteur saisit la poignée du chariot avant qu'elle n'ait pu le faire.

« Vous aurez besoin de moi, dit-il. Si on vous arrête, je montrerai mon insigne. »

Carrie acquiesça de mauvaise grâce. Elle aurait pu s'en sortir seule.

Un fois qu'ils furent parvenus aux cuisines, le neurologue installa le matériel sur le comptoir, ignorant la cuisinière, impuissante, qui demandait : « Personne ne déjeune, alors ? Hein ? » Arrachant son tablier sans prévenir, elle le jeta par terre puis s'en alla.

« Tenez la porte », demanda Jake à Carrie. Il se glissa dans le réfectoire, revenant bientôt en poussant un brancard où reposait, paisible, une vieille femme.

« Qui est-ce, Carrie ?

– Ellen Parminter. » Un instant de réflexion. « Quatre-vingt-trois ans. »

Jake grogna et commença à placer des électrodes sur son crâne.

« Venez avec moi, Carrie, intervint Geraci.

– Non. » Où trouvait-elle pareil aplomb ? D'une certaine manière, le policier n'y était pas pour rien.

Il lui sourit. « Si. À partir de maintenant, c'est une enquête officielle de police. »

La jeune femme obtempéra, retournant avec l'inspecteur dans le bureau de Jake. Elle tremblait mais ne voulait pas qu'il le voie. Il le remarqua cependant ; rien ne semblait pouvoir lui échapper.

« Asseyez-vous, dit-il avec douceur. Là, derrière le bureau. Tout à l'heure, ça vous gênait que je lise les papiers de DiBella, n'est-ce pas ? Ça n'a rien d'illégal pour peu qu'ils soient au vu et au su de tous. Vous me paraissez une observatrice des plus fines, Carrie. Alors, s'il vous plait, racontez-moi tout ce qui s'est passé ici. Depuis le tout début, et sans rien oublier. Commençons avec la raison pour laquelle vous avez donné l'âge de cette vieille dame à DiBella. Cette donnée est-elle importante pour ses recherches ? »

Elle ignorait si c'était le cas. Comment cela pourrait-il… Les gens vieillissent à différentes vitesses. Parler en années absolues ne signifiait rien, hormis…

« Carrie ? »

D'un coup, l'idée même de parler lui apparut comme un soulagement. Certes, Geraci était entrainé à pousser les gens à se confier, elle en était consciente et ne croyait guère en sa soudaine gentillesse. Juste un truc de professionnel. Mais si elle racontait tout, cela ordonnerait un minimum le chaos de ses pensées. Et peut-être que, d'une certaine manière, cela aiderait à régler la situation générale. Tous ces morts à bord de l'avion…

« Vous n'allez pas me croire, énonça-t-elle.
– Essayez quand même.
– *Moi*, je n'y crois pas. »

Cette fois, il patienta, l'air curieux. Et ce fut le flot de paroles, avec pour point de départ « l'attaque » de Henry en revenant de l'université. L'épidémie de vomissements chez sept patients, ce que le personnel de Saint Sebastian appelait une intoxication alimentaire mais qui n'en était pas une. L'IRMf d'Evelyn Krenchnoted. Le collier d'Anna Chernov ; tel qu'imaginé par Evelyn et tel qu'il était réellement selon Bob Donovan. La réunion secrète chez Henry Erdmann le matin même. Ce qu'elle avait entendu depuis la porte : les propos du vieux professeur au sujet des photons et de la manière dont l'observation humaine affectait la trajectoire des particules élémentaires. La leçon de Jake sur la « complexité émergente ». L'apparition de Henry au bureau de DiBella, ses dernières paroles avant qu'il ne perde conscience : « Appelle la police. Nous avons abattu un avion. » L'évanouissement des octogénaires ou plus, mais pas des moins âgés. Les scanners cérébraux que Jake leur faisait passer en cet instant, sans aucun doute pour voir s'ils étaient normaux ou semblable à celui d'Evelyn. Plus Carrie parlait, moins l'ensemble paraissait impossible.

Quand elle se tut, le visage de Geraci demeurait impassible.

« Voilà, dit-elle sur un ton misérable. Je dois voir comment va Henry.

– Merci, Carrie. » L'expression du policier était indéchiffrable. « Je vais trouver le Dr Jamison. »

Il s'en alla, elle resta. Bouger lui demandait trop d'énergie. Elle prit sa tête entre ses mains. Quand elle se redressa, ses yeux se posèrent sur le bureau.

Jake écrivait quand elle avait fait irruption pour lui parler de la réunion au domicile de Henry. Il écrivait à la main, non au clavier : sur des pages d'un papier vert pâle avec un fin filigrane. L'encre était bleu foncé.

« Mon James chéri, si tu savais à quel point je regrette les choses que nous nous sommes dites au téléphone hier soir, mais, mon amour, souviens-toi… »

Carrie émit un bref éclat de rire impuissant. *Mon James chéri…* Bon Dieu, qu'elle était conne !

Elle secoua la tête, tel un chien s'ébrouant, et partit retrouver Henry.

✦

*Le nouvel être semblait calme désormais. L'occasion idéale pour tenter une approche, laquelle se ferait au mieux via les symboles culturels locaux. Mais le vaisseau bénéficiait de si peu de temps pour se préparer… alors qu'il aurait fallu effectuer une approche lente, sur une longue période, avec une interaction progressive en même temps que la nouvelle entité était guidée, formée, préparée. Et le vaisseau se trouvait encore si loin.*

*Il essaya néanmoins, s'étirant autant que possible, recherchant les symboles, les images collectives à même de faciliter une transition normale…*

*… et tressaillit d'horreur.*

## 12.

Evelyn Krenchnoted gisait sur un lit de camp poussé contre la fenêtre du réfectoire, en plein rêve, inconsciente de l'air frais provenant de la vitre, des feuilles orange et or tombant dans la petite cour au-dehors. Dans son rêve, elle avançait sur un chemin de lumière, marchant en silence. Elle se dirigeait vers davantage de lumière, et au sein de la lueur se discernait une silhouette. Sans la voir ni l'entendre, Evelyn restait certaine de sa présence. Et de son identité.

Quelqu'un qui, enfin, vraiment, réellement, *l'écouterait.*

✦

Al Cosmano se tortilla dans son sommeil. « Il se réveille, dit une infirmière.

– Non. » Le Dr Jamison, les traits tirés, passait pour la énième fois dans les rangées de lits de camp, de brancards et de paillasses sur le sol. « Certains font ça depuis des heures. Dès que les ambulances reviennent, emmenez cette rangée-là à l'hôpital.

– Bien, docteur. »

Al les entendait sans les entendre. Il était enfant à nouveau, courant dans les rues crépusculaires vers sa maison. Sa mère l'attendait. À la maison…

✦

La scène était si lumineuse ! Le régisseur avait sûrement allumé les spots — la scène n'était que lumière. Anna Chernov ne pouvait voir, ne trouvait plus son partenaire. Elle devait s'arrêter de danser.

*S'arrêter de danser.*

Elle était perdue sur la scène, dans la lumière. Le public se trouvait quelque part dans cette brillance, mais elle ne le voyait pas plus qu'elle ne voyait Bennet ou le corps de ballet. Néanmoins, elle sentait la présence de l'auditoire. Ils étaient là, aussi lumineux que la scène, et anciens. Très, très vieux, autant qu'elle-même, et pareils à elle, au-delà de la danse.

Portant ses mains à son visage, elle s'effondra en sanglots.

✦

Erin Bass vit le sentier, qui menait pile là où elle savait qu'il le devait : plus profondément en elle-même. C'était là que se trouvait, s'était trouvé et se trouverait toujours le bouddha. Le long de ce sentier de lumière, se courbant et vrillant plus loin au sein de son être, qui était tout être. Autour d'elle se trouvaient les autres, joyeux, qui étaient elle autant qu'elle était eux…

Un sursaut, et Erin s'éveilla dans une ambulance, bras, jambes et poitrines sanglés ; un jeune homme se penchait sur elle. « Madame ? » Le sentier avait disparu, les autres aussi, le monde pesant de la *maya* était de retour, et, déshydratée, elle avait un sale goût dans la bouche.

✦

Lumières et tunnels — où diable se trouvait-il ? Un bunker d'essais atomiques, peut-être, sauf qu'aucun bunker n'était aussi intensément illuminé, et puis, où se cachaient Teller, Mark et Oppie ? Mais non, Oppie n'avait pas même pas travaillé sur ce projet, Henry était troublé, voilà, il était juste troublé…

Soudain, il ne le fut plus.

Il s'éveilla d'un seul coup, déchirante transition d'un sommeil qui n'en était pas un à un état d'alerte totale. De fait, ses sens s'avéraient prodigieusement affûtés. Il sentait le dur grabat sous son dos, le trait de bave sur sa joue, la fadeur des néons du réfectoire. Il entendait le roulement des roues en caoutchouc des brancards sur la moquette rase et le cliquetis des couverts dans les lave-vaisselle de la cuisine. Il humait l'odeur de Carrie, laine, vanille et peau jeune, et il aurait pu décrire chacun des ligaments de son corps tandis qu'elle demeurait assise à côté de son lit dans le réfectoire de l'hospice, l'inspecteur Geraci tout proche.

« Henry ? murmura la jeune femme.

– Il arrive. Il est presque là », répondit le physicien.

✦

*Le vaisseau coupa tout contact. Il n'avait jamais rencontré cela par le passé. Le proto-être n'avait pas* coalescé.

*Ses composants n'étaient pas uniformes, mais dispersés parmi des taches de matière indisciplinées et variées, sauvagement hétérozygotes. À la différence de n'importe quel autre proto-être que le vaisseau avait détecté, guidé. Tous les autres proto-vaisseaux avaient existé à l'unité sur le plan matériel, parce qu'ils étaient pareils en tous points. Ceux-là aussi étaient semblables, faits des mêmes particules physiques et accomplissant d'identiques processus physiques, mais quelque chose avait très mal tourné. À partir de cette manière uniforme, ils n'avaient pas évolué vers la conscience uniforme. Ils étaient dépourvus d'harmonie. Exprimaient de la violence entre eux.*

*Et la possibilité existait que, assimilés, ils exercent cette violence contre le vaisseau.*

*Néanmoins, il ne pouvait s'en aller et les laisser. Ils modifiaient l'espace-temps local. Quand sa fusion aurait progressé, le nouvel être pourrait devenir une entité puissante et dangereuse. Que faire ?*

*Le vaisseau réfléchit, éprouva la peur, et recula sur cette nécessité : la destruction de ce qui aurait dû être une part de lui-même.*

# 13.

Jake DiBella agrippait les feuilles si fort que le papier rigide se froissa dans ses mains. Allongé sur le canapé, Henry fronçait les sourcils. Carrie avait rapproché sa chaise de la main du vieil homme, tandis que le policier — Geraci — se tenait au pied du sofa. Que faisait le flic ici, d'ailleurs ? DiBella l'ignorait mais il était trop agité pour s'en préoccuper outre mesure.

« Je pense toujours que vous devriez aller à l'hôpital, dit l'aide-soignante.

– Je refuse, alors oublie ça. »

Le nonagénaire batailla pour s'asseoir. Carrie fit mine de l'arrêter, mais l'inspecteur posa une main sur son épaule et, sans brutalité, interrompit son geste. *Il impose son autorité*, songea le neurologue.

« Pourquoi à Saint Sebastian ? » demanda Henry.

Une question déjà formulée par l'aide-soignante.

« J'ai une théorie. » La voix de Jake sonnait étrangement. « Basée sur une observation effectuée par Carrie selon laquelle personne de moins de quatre-vingts ans n'a été… affecté par ça. Si c'est une sorte de superconscience qui… qui approche de la Terre… » Il ne put poursuivre. Trop stupide.

Trop réel.

Selon toute vraisemblance, Henry Erdmann ne craignait pas plus le ridicule que la réalité — qui semblaient désormais tendre vers la même chose. « Vous voulez dire, intervint le vieillard, qu'elle vient ici parce que cette "super-conscience" n'émerge qu'au sein des populations âgées, et que l'on compte plus de seniors que jamais par le passé.

– Pour la première fois dans l'histoire, les octogénaires dépassent plus d'un pour cent de la population mondiale. Cent quarante millions d'individus…

– Mais ça n'explique pas pourquoi *ici*. Ni pourquoi *nous*.

– Bon Dieu, Henry, tout doit bien débuter quelque part ! »

Geraci intervint, à la surprise de DiBella : « Toute bifurcation est locale. Un dipneuste va commencer à respirer plus à l'air que sous l'eau. Un homme des cavernes va inventer une hache. Il existe toujours un nexus. Peut-être est-ce vous, docteur Erdmann. »

Carrie leva la tête vers l'inspecteur.

« Peut-être, convint Henry d'une voix lourde. Mais je ne suis pas seul. Je ne suis pas le seul interrupteur pour l'énergie qui a abattu cet avion. J'étais juste l'une des piles branchées en parallèle. »

*Les analogies scientifiques le rassurent*, songea DiBella. Il aurait aimé que quelque chose le réconforte lui aussi.

« Je pense qu'Evelyn était le bouton pour l'ouverture du coffre contenant le collier d'Anna Chernov, hasarda Carrie.

– C'est insensé. » Le visage de Geraci semblait s'être tendu d'un coup. « Je ne peux pas croire ça. »

Le regard du vieil homme se durcit à son tour. « Nul besoin d'aller aussi loin que moi pour atteindre cette conclusion, jeune homme. Croyez-moi sur ce point. Mais j'ai fait *l'expérience* de la… conscience. Or, pour anecdotique qu'il soit, ce constat n'en est pas moins réel. À l'instar des données cérébrales qui chiffonnent le Dr DiBella, et qui n'ont rien d'accessoire. Ce sont des données concrètes. »

C'était vrai. Les relevés qu'il avait effectués sur ces vieillards inconscients, avant que cet idiot irascible de Jamison ne l'ait repéré et jeté dehors, constituaient des versions plus brutes de l'IRMf d'Evelyn Krenchnoted. Un arrêt presque total du thalamus, la station-relais qui véhicule l'information sensorielle au cerveau. Idem pour les lobes pariétaux postérieurs définissant le corps. Activité massive à l'arrière du crâne, surtout dans les régions tempo-pariétales, les amygdales et l'hippocampe. L'image cérébrale d'un mystique épileptique sous speed. Il y avait autant de points communs entre ces relevés et celui d'un comateux qu'entre une tortue et une fusée spatiale.

DiBella leva les mains jusqu'à son visage, frictionna la peau de ses joues comme si cela allait réarranger ses pensées. Lorsqu'il s'interrompit, il dit avec lenteur : « Un neurone seul n'est pas intelligent ; il ne constitue en rien une entité remarquable. Tout ce qu'il fait, c'est convertir un type de signal électrique ou chimique en un autre. Rien de plus. Mais les neurones connectés entre eux dans le cerveau peuvent générer des états incroyablement complexes. Un nombre suffisant suffit à rendre possible la conscience.

– Ou des personnes assez âgées pour cette “conscience de groupe”, suggéra Carrie. Mais alors pourquoi juste des vieux ?

– Comment le saurais-je ? répondit DiBella. Peut-être que le cerveau doit avoir stocké suffisamment d'expériences pendant une certaine durée.

– Avez-vous lu Dostoïevski ? demanda Geraci.

– Non. » Le policier agaçait DiBella. « Et vous, alors ?

– Il a écrit qu'il ressentait parfois des moments de ravissement et de clarté “effrayante”. Qu'il donnerait sa vie pour cinq secondes de cet état, sans que ça lui paraisse cher payé. Dostoïevski souffrait d'épilepsie.

– Je sais », répliqua le neurologue.

Carrie demanda : « Henry, vous la sentez en ce moment, cette chose qui arrive ?

– Non. Pas du tout. De toute évidence, ce n'est pas une intrication quantique au sens classique du terme.

– Elle est peut-être partie ?

– Peut-être… » Le nonagénaire s'efforçait de sourire. « Mais j'en doute. Elle vient pour nous.

– Qu'entendez-vous par là ? demanda Geraci, sceptique. Ce n'est pas un tueur à gage.

– Je ne sais pas, poursuivit Henry avec irritation. Mais ça sera là bientôt. Elle ne peut pas se permettre d'attendre trop longtemps. Regardez ce que nous avons commis… cet avion… »

La main de Carrie se referma sur les doigts du vieillard. « Que va-t-il se passer quand elle sera là ?

– Aucune idée. Comment le saurais-je ?
– Henry… commença Jake.
– Ce que nous pourrions faire avant son arrivée m'inquiète davantage.
– Allumez la télé, ordonna Geraci.
– Il n'y a pas un autre endroit où vous devriez vous trouver, inspecteur ? » DiBella ne masquait rien de ses sentiments envers le policier.
« Non. Pas si cela arrive vraiment. »
Le neurologue s'abstint de tout commentaire.

✦

À 21h43, le courant fut coupé dans une ville éloignée de plus de trois cents kilomètres.
« *Sans raison évidente*, disait le présentateur, *au vu du temps calme et de l'absence de signe de…* »
Carrie détourna le regard. « Henry ?
– Je… je vais bien. Mais je l'ai senti.
– Ça a lieu plus loin, maintenant, constata Jake. Du moins, si c'était…
– Ça l'était », dit simplement le vieil homme. Étendu de tout son long sur le canapé, il ferma les yeux. Le policier rivait son regard à l'écran. Personne n'avait faim.
À 21h51, le corps du nonagénaire tressaillit violemment et le vieil homme poussa un cria auquel Carrie répondit par un gémissement. L'instant d'après, Henry murmura : « Je suis… conscient. » Personne n'osa commenter le choix de ses mots. Sept minutes plus tard, le présentateur de CNN annonça qu'un pont au-dessus du

fleuve Hudson s'était effondré, précipitant un train de voyageurs dans les eaux sombres.

Au cours des minutes qui suivirent, le visage de Henry afficha un changement rapide d'expressions : peur, ravissement, colère, surprise. Ces expressions étaient si prononcées, si accentuées, que le vieil homme paraissait quelqu'un d'autre. Jake se surprit à se demander s'il devait enregistrer cela avec la caméra de son téléphone, mais demeura immobile. Agenouillée au pied du canapé, Carrie prit le vieillard dans ses bras, comme pour lui dire qu'elle restait avec lui.

« Nous… n'y pouvons rien, émit Henry. Si une seule personne pense assez fort à… Ah, bon Dieu ! »

Les lumières et la télé s'éteignirent ; les alarmes se déclenchèrent, suivies de sirènes. Puis un fin faisceau de lumière se posa sur le visage du vieux professeur : Geraci avait sorti une lampe de poche. Sous l'attaque, le corps du nonagénaire se convulsait mais il gardait les yeux ouverts. DiBella discernait à peine ses murmures.

« C'est un *choix.* »

✦

*La seule issue était un choix. Le vaisseau n'en comprenait pas la nécessité — pourquoi des unités séparées choisiraient autre chose que d'intégrer le tout ? Cela n'était jamais arrivé avant. Les entités naissantes rejoignaient avec joie le vaisseau. L'évolution tendait vers une complexité croissante, toujours. Mais le choix demeurait ici la dernière option possible pour cet être mal conçu et mal dirigé. S'il ne choisissait* pas *la fusion…*

*La destruction. Pour préserver l'essence de la conscience elle-même, ce qui signifiait l'essence de tout.*

## 14.

Evelyn, que les hôpitaux terrorisaient, avait refusé qu'on la transfère au Redborn Memorial pour « examens » après le sortilège collectif de l'après-midi. Ce n'était rien qu'une perte de conscience, pas de quoi en faire un fromage, juste…

Elle s'arrêta à mi-chemin du micro-ondes et de la table de la kitchenette. Sa main lâcha la casserole qui s'écrasa au sol.

La lumière était de retour, celle dont elle avait rêvé lors de son étourdissement. À ceci près que ça n'était ni une lumière, ni un rêve. C'était dans son esprit, c'était son esprit et elle était… avait toujours été cette chose. Comment était-ce possible ? Soudain sa présence emplit Evelyn et Evelyn sut alors, sans l'ombre d'un doute, que si elle la rejoignait, elle ne serait plus jamais seule. Elle n'avait pas besoin de mots, elle n'en avait jamais eu besoin ; tout ce qu'elle avait à faire était de choisir d'aller là où, de toute façon, était sa place…

Qui sait ?

Avec joie, l'ancienne Evelyn Krenchnoted s'intégra à ceux qui l'attendaient, et son corps s'effondra sur le sol éclaboussé de macaronis.

✦

Dans une cabane des bidonvilles de Karachi, un homme gisait sur une pile de loques propres. Ses gencives édentées bougeaient de haut en bas sans aucun son. Toute la nuit, il avait attendu la mort, mais il semblait désormais que son attente avait un tout autre objet, bien plus vaste que la mort, et très ancien.

Ancien. Cela cherchait les anciens, seulement eux, et l'édenté en savait la raison. Seuls les vieux avaient mérité cela, avaient payé de la seule monnaie qui vaille : l'accumulation d'assez de chagrins.

Avec soulagement, il glissa hors de son corps endolori et pénétra dans l'antique vastitude.

✦

*Non. Je bougerai pas,* songea Bob. La présence dans son esprit le terrifiait, et la terreur le rendait hargneux. Laissons-les — quoi qu'ils fussent — essayer leurs tours idiots ; ils étaient aussi mauvais que les négociateurs syndicaux. Offrir des concessions impossibles à tenir. Tenter de se jouer de lui. Il n'irait nulle part, ne deviendrait rien, pas tant qu'il ignorerait la nature de la transaction, ce que ces salauds voulaient.

Ils ne l'auraient pas.

Il sentit soudain quelque chose se passer. Il savait quoi. Assis dans les urgences du Redborn Memorial, Bob Donovan s'écria : « Non, Anna, vous pouvez pas ! », alors que son esprit se tendait, résistait. D'un coup, la présence se retira et Bob fut seul.

✦

Dans une luxueuse propriété de San José, un homme se dressa subitement dans son lit. Un long moment, il demeura assis dans le noir complet, sans même remarquer que l'horloge et le terminal numérique étaient éteints. L'émerveillement l'accaparait.

Bien sûr. Pourquoi n'avait-il jamais vu ça avant ? Lui qui avait passé de longues et heureuses nuits à débuguer des ordinateurs quand ceux-ci étaient encore équipés de tubes à vide — comme cette période lui manquait ! Il n'était pas le programme mais une ligne de code. Et ce n'était qu'en assemblant le code, pas avant, que le programme fonctionnait à plein. Il n'avait été qu'un fragment, et le tout se trouvait maintenant là…

Il le rejoignit.

✦

Erin Bass fit l'expérience du *sartori.*

Ses yeux s'emplirent de larmes. Toute sa vie d'adulte, elle avait voulu, désiré cela, avait pratiqué la méditation plusieurs heures par jour sans jamais ne serait-ce qu'approcher le raz-de-marée mystique qu'elle éprouvait en cet instant. Elle ignorait, ne pouvait rêver qu'il s'agisse d'une telle union, une communion avec l'ensemble de la réalité. Tous ses précédents efforts sonnaient faux. Il n'y avait plus d'effort, plus d'Erin. Elle n'avait jamais été créée ; elle était la création et le cosmos ; l'individu n'existait pas. Son existence n'était pas la sienne, et quand cette dernière illusion s'évanouit, elle fit de même dans le tout.

✦

Gina Martinelli la sentait, la grâce qui était la gloire de Dieu. Mais… où se trouvait Jésus Christ, le Sauveur, le Seigneur ? Elle ne Le devinait pas, ne Le trouvait pas dans l'unité.

Le Christ absent, ce ne pouvait être le Paradis mais un tour du Malin, de Satan qui connait un million de déguisements et envoie ses démons pour détourner les fidèles. On ne la tromperait pas !

Elle croisa les bras et commença à prier à voix haute. Fervente chrétienne, Gina Martinelli n'irait nulle part mais resterait là, à attendre le Dieu unique et véritable.

✦

À Shanghai, Ai, une femme minuscule assise auprès de sa fenêtre, regardait ses arrière-petits-enfants jouer dans la cour. Qu'ils étaient vifs ! Elle aussi avait été vive.

Elle le sentit d'un seul coup, les dieux pénétrant son esprit. Son heure était donc venue. Elle se sentit à nouveau presque jeune, forte… cela faisait du bien. De toute façon, si ça n'avait pas été le cas, quand les dieux venaient pour vous, on les suivait.

Un dernier coup d'œil aux enfants, et les dieux s'emparèrent d'Ai.

✦

Anna Chernov, pleinement éveillée dans la prison qu'était devenue l'infirmerie de Saint Sebastian, laissa échapper un léger soupir. Elle sentait le pouvoir couler en elle, et un instant, une folie, elle s'imagina qu'il s'agissait de la même force ayant alimenté toute une vie d'arabesques, de *jetés*, une éternité plus tôt.

Non.

C'était hors d'elle-même, séparé… il n'était pas obligatoire que ça le restât. Elle pouvait l'absorber, le devenir, même quand cela deviendrait elle. Mais elle se retint.

*Danserait-elle à nouveau ?*

Non. Pas de manière semblable, pas dans l'étirement splendide de ses muscles, la poussée de ses membres, l'arc de son dos. Pas de beauté créée via son corps physique. Non. Nulle danse.

Mais il y avait là une force qu'elle pourrait employer pour une autre forme d'évasion, hors de ce corps inutile, de cette infirmerie, de cette vie sans danse. Dans le lointain, elle entendit une voix : « Non, Anna, vous pouvez pas ! » Bien sûr qu'elle le pouvait. Anna s'empara du pouvoir, refusant tout à la fois de le rejoindre et de l'abandonner ; elle le courba sur elle-même. L'instant d'après, elle était morte.

✦

Le corps tout entier de Henry. C'était là. C'était lui. Ou non. « C'est un choix », murmura-t-il.

D'un côté : tout. Toute la conscience, tissée dans l'étoffe même de l'espace-temps, ce que Wheeler et les autres avaient entraperçu presque un siècle plus tôt. La conscience à l'échelle quantique, le niveau de l'onde de probabilité, les co-évolués avec l'univers entier.

De l'autre, l'individu Henry Martin Erdmann. S'il fusionnait avec la super-conscience, il cesserait d'exister en tant que lui-même, en tant qu'esprit distinct. Or son esprit représentait tout pour lui.

Il demeura en suspens des nanosecondes, des années, des éons. Le temps lui-même adopta un autre caractère. À moitié là, à moitié non, le vieillard connut la force, sa nature, et ce qu'était l'humanité. Il en vit l'aboutissement. Il eut sa réponse.

« Non. »

Il gisait sur le canapé, les bras de Carrie enroulés autour de lui, les deux autres hommes faiblement illuminés par un rayon de lumière jaune, et il fut de nouveau mortel, et seul.

Et lui-même.

✦

*Ils ont fusionné en nombre suffisant. Le danger est passé. L'être est né, et le vaisseau, et tout va bien.*

# 15.

Des mois pour identifier tous les morts. Des années pour finir de réparer les dégâts matériels de par le monde : ponts, immeubles, systèmes d'information. Et des décennies à spéculer sur la nature réelle des événements — DiBella le savait. Les théories fleurissaient déjà. Une impulsion électromagnétique, des radiations solaires, extrasolaires ou extrastellaires, une attaque alien, une vague mondiale d'attentats, l'Armageddon, la tectonique des plaques, un virus génétiquement modifié. Des idées stupides, toutes aisément réfutables, ce qui n'empêchait pas certains d'y prêter foi. Les quelques seniors qui restaient ne disaient presque rien. Et on ne croyait pas ceux qui parlaient.

Jake y croyait à peine lui aussi.

Il ne fit rien des scanners cérébraux d'Evelyn Krenchnoted et des relevés des trois autres patients, car il n'y avait rien de compréhensible à en tirer. Et ils étaient morts, de toute façon. « Leurs corps seulement », précisait toujours Carrie, qui adhérait aux propos d'Henry Erdmann.

Avait-il foi dans les idées du vieillard ? Le mardi, oui, pas le mercredi, mais le jeudi à nouveau. En l'absence de preuve reproductible, ce n'était pas de la science, mais… autre chose.

Il vivait sa vie. Il rompit avec James. Il rendait visite à Henry, bien après la fin de son étude sur les modes d'attention des seniors. Il dinait avec Carrie et Vince Geraci, et fut témoin à leur mariage.

Il participa au soixante-cinquième anniversaire de sa mère, une fête somptueuse qu'organisa sa sœur dans le salon d'un hôtel clinquant en centre-ville. Sa mère avait beaucoup ri ; elle avait embrassé, en ouvrant ses cadeaux, tous les proches venus de Chicago. Tandis qu'elle tournoyait sur la piste de danse avec l'oncle Sam, DiBella se demanda si elle allait atteindre ses quatre-vingts ans. Et combien d'autres personnes, de par le monde, parviendraient à cet âge ?

« C'est uniquement parce qu'assez d'entre eux ont choisi de partir que ceux qui sont restés ont perdu le pouvoir émergent », avait dit Henry, et Jake avait remarqué l'emploi du *eux* au lieu du *nous.* « Avec une poignée d'atomes d'uranium, impossible d'atteindre la masse critique. »

DiBella ne l'aurait pas formulé ainsi. Avec peu de neurones, pas de cerveau conscient. *In fine*, la même chose.

« S'ils n'avaient pas été si nombreux à fusionner, alors la super-conscience aurait dû… » Henry n'avait pas terminé sa phrase. Mais DiBella devinait la suite.

« Allez, mon gars, s'exclama l'oncle Sam. Trouve-toi quelqu'un et bouge-toi un peu ! »

Le neurologue secoua la tête et sourit. Il n'avait pas de partenaire en cet instant et ne voulait pas danser. Pourtant, à tout prendre, le vieux Sam n'avait pas tort.

Danser était une activité périssable, et chaque activité humaine possédait sa propre date de péremption. Un jour, la génération à laquelle appartenait sa mère, démographiquement la plus dense de l'histoire humaine, atteindrait quatre-vingts ans. Et alors il faudrait à nouveau faire le choix effectué par Henry.

Quel en serait le résultat cette fois ?

# Aux éditions du
# BÉLIAL'

**Poul** ANDERSON :
*La Saga de Hrolf Kraki*, roman
*Trois cœurs, trois lions, suivi de Deux regrets*, roman et nouvelles
*La Patrouille du temps*, nouvelles
*Le Patrouilleur du temps (La Patrouille du temps T. 2)*, nouvelles
*La Rançon du temps (La Patrouille du temps T. 3)*, roman et nouvelles
*Le Bouclier du temps (La Patrouille du temps T. 4)*, roman
*Le Chant du barde, les meilleurs récits de Poul Anderson*, nouvelles
*Tau zéro*, roman
*Barrière mentale, et autres intelligences*, roman et nouvelles
*L'Épée brisée*, roman
*La Patrouille du temps, l'intégrale T.1*, nouvelles (omnibus)
**Jean-Pierre** ANDREVON :
*Zombies, un horizon de cendres*, roman
*La Maison qui glissait*, roman
*Demain le monde*, nouvelles
**Iain M.** BANKS :
*L'Essence de l'art*, nouvelles
**Ugo** BELLAGAMBA :
*La Cité du soleil*, nouvelles
**Ugo** BELLAGAMBA **& Thomas** DAY :
*L'École des assassins*, roman
**Françis** BERTHELOT :
*Forêts secrètes*, nouvelles
*Hadès Palace*, roman
*Le Petit Cabaret des morts*, roman
**Stephen** BAXTER :
*Gravité*, cycle des *Xeelees T.1*, roman
*Singularité*, cycle des *Xeelees T.2*, roman
*Flux*, cycle des *Xeelees T.3*, roman
*Accrétion*, cycle des *Xeelees T.4*, roman
*Anti-glace*, roman
**Terry** BISSON :
*Homme qui parle*, roman
*Voyage vers la planète rouge*, roman
**Leigh** BRACKETT :
*Le Grand Livre de Mars*, romans et nouvelles (omnibus)
*Stark et les Rois des étoiles*, romans et nouvelles (omnibus)
**Xavier** BRUCE :
*Incarnations*, roman
**David** CALVO **& Fabrice** COLIN :
*Atomic Bomb*, roman

**Thomas Day :**
*Le Trône d'ébène*, roman
*Daemone*, roman
*La Cité des Crânes*, roman
*Stairways to hell*, nouvelles
*Sympathies for the devil - redux*, nouvelles
*Sept secondes pour devenir un aigle*, nouvelles
*Dragon*, court roman
**Michel Demuth :**
*À l'est du Cygne*, nouvelles
**Thierry Di Rollo :**
*La Lumière des morts*, roman
*La Profondeur des tombes*, roman
*Meddik (ou le rire du sourd)*, roman
*Les Trois reliques d'Orvil Fisher*, roman
*Bankgreen*, roman
*Elbrön, Bankgreen T.2*, roman
*Drift*, roman
**Catherine Dufour :**
*L'Accroissement mathématique du plaisir*, nouvelles
**Claude Ecken :**
*Enfer clos*, roman
*Le Monde tous droits réservés*, nouvelles
**Greg Egan :**
*Axiomatique, l'intégrale des nouvelles T.1*, nouvelles
*Radieux, l'intégrale des nouvelles T.2*, nouvelles
*Océanique, l'intégrale des nouvelles T.3*, nouvelles
*Zendegi*, roman
**Laurent Genefort :**
*Mémoria*, roman
*Points chauds*, roman
*Aliens mode d'emploi*, guide de survie
*Lum'en*, roman
**Daryl Gregory :**
*L'Éducation de Stony Mayhall*, roman
*Nous allons tous très bien, merci*, roman
**Johan Heliot :**
*Pandemonium*, roman
**Brian Hodge :**
*Musiques lithurgiques pour nihilistes*, nouvelles
**Nancy Kress :**
*Danse Aérienne*, court roman
*Le Nexus du docteur Erdmann*, court roman
**Ken Liu :**
*La Ménagerie de papier*, recueil

**Loïc Le Borgne :**
*Hysteresis*, roman
**Karin Lowachee :**
*Warchild*, roman
*Burndive*, roman
*Cagebird*, roman
**David Marusek :**
*L'Enfance attribuée*, court roman
**Xavier Mauméjean :**
*Rosée de feu*, roman
**Paul J. McAuley :**
*Le Choix*, court roman
**Jean-Jacques Nguyen :**
*Les Visages de Mars*, nouvelles
**Larry Niven & Jerry Pournelle :**
*La Paille dans l'Œil de Dieu*, roman
**Jérôme Noirez :**
*Féerie pour les ténèbres, l'intégrale T.1*, romans
*Féerie pour les ténèbres, l'intégrale T.2*, roman et nouvelles
**Michel Pagel :**
*Nuées ardentes*, roman
*Les Escargots se cachent pour mourir*, romans (omnibus)
**Christopher Priest :**
*L'Été de l'infini*, nouvelles (best of)
**Stéphane Przybylski :**
*Le Château des millions d'années, Origines T.1*, roman
*Le Marteau de Thor, Origines T.2*, roman
**André-François Ruaud :**
*Des Ombres sous la pluie*, roman
**Richard Paul Russo :**
*La Nef des fous*, roman
*Le Cimetière des Saints*, roman
**Lucius Shepard :**
*Aztechs*, nouvelles
*Louisiana Breakdown*, roman
*Sous des cieux étrangers*, nouvelles
*Le Dragon Griaule*, nouvelles formant roman
*Le Calice du Dragon*, roman
**Robert Silverberg :**
*L'Homme programmé*, roman
*Time Opera*, romans (omnibus)
**Clifford D. Simak :**
*Voisins d'ailleurs*, nouvelles
*Frères lointains*, nouvelles
**Thomas Burnett Swann :**
*La Trilogie du Minotaure* (l'intégrale), romans

**Jack Vance :**
*Croisades*, nouvelles
*Monstres sur orbite*, roman et nouvelles
*Planète géante, l'intégrale*, romans (omnibus)
*Sjambak*, roman et nouvelles
*Le Dernier château et autres crimes*, romans et nouvelles
**Vernor Vinge :**
*Cookie Monster*, court roman
**Roland C. Wagner :**
*L.G.M.*, roman
**Ian Watson :**
*L'Enchâssement*, roman
**Andrew Weiner :**
*En approchant de la fin*, roman
*Envahisseurs !*, nouvelles
*Signaux lointains*, nouvelles
**Jack Williamson :**
*Ceux de la Légion*, romans (omnibus)
**Robert Charles Wilson :**
*Les Perséides*, nouvelles

Étoiles vives
**Anthologies périodiques (présentées par…)**
#1 & #2 (Gilles Dumay)
#3 spécial Stephen Baxter (Gilles Dumay)
#4 spécial G. David Nordley (Gilles Dumay)
#5 spécial Michael Swanwick (Gilles Dumay)
#6 spécial Andrew Weiner (Gilles Dumay)
#7 spécial Greg Egan (Gilles Dumay)
#8 spécial Molly Brown (A.-F. Ruaud)
#9 sommaire 100 % féminin (A.-F. Ruaud)

Anthologies thématiques **(présentées par…)**
*SF 2000-2002, les meilleurs récits* (Olivier Girard)
*SF 99, les meilleurs récits* (Olivier Girard)
*Invasions 99, 17 histoires d'invasion* (Gilles Dumay)
*Privés de futur, 24 récits polar/SF* (G. Dumay & F. Mizio)
*Histoires de cochons et de Science-Fiction* (Sylvie Denis)

Yellow Submarine
**Dossiers thématiques (dirigés par…)**
#128 *Londres, ville de l'imaginaire* (A.-F. Ruaud)
#129 *Les sentiers de la Faërie* (A.-F. Ruaud)
#130 *San Fransisco, ville de l'imaginaire* (A.-F. Ruaud)
#131 *Les Aliens de la science-fiction* (A.-F. Ruaud)
#132 *Conscience historique* (A.-F. Ruaud)

**Bifrost**

**La revue des mondes imaginaires (dirigée par…)**

*Bifrost* #1 à 81 (#2, #3, #4, #5, #6, #7, #9, #12, #13, #22 et #23 épuisés)
Hors-série : les univers de Jack Vance (P.-P. Durastanti)
Hors-série : les univers de M. Moorcock (épuisé) (P.-P. Durastanti)
#18 : spécial Philip K. Dick (P.-P. Durastanti)
#22 : spécial Clifford D. Simak (P.-P. Durastanti)
*Bifrost* #42 (n° double) : spécial dix ans (Olivier Girard)
#49 : spécial Robert Silverberg (Dumay / Durastanti / Girard)
*Bifrost* #50 : spécial Tim Powers (Olivier Girard)
*Bifrost* #51 : spécial Lucius Shepard (Olivier Girard)
*Bifrost* #53 : spécial China Miéville (Olivier Girard)
*Bifrost* #54 : spécial Richard Canal (Olivier Girard)
*Bifrost* #55 : spécial Roger Zelazny (G. Dumay / O. Girard)
*Bifrost* #56 : dossier Jean-Marc Ligny (Olivier Girard)
*Bifrost* #57 : spécial Robert Heinlein (Girard / Dumay / Picholle)
*Bifrost* #58 : spécial Laurent Genefort (Olivier Girard)
*Bifrost* #59 : spécial J.G. Ballard (O. Girard / R. Comballot)
*Bifrost* #60 : spécial Vampires (O. Girard / G. Dumay)
*Bifrost* #61 : la SF, questions et perspectives (O. Girard / G. Dumay)
*Bifrost* #62 : hommage à Jacques Goimard (Olivier Girard)
*Bifrost* #63 : spécial Frank Herbert (Girard / Dumay / Durastanti)
*Bifrost* #64 : dossier Jérôme Noirez (Olivier Girard)
*Bifrost* #65 : dossier Christian Léourier (Olivier Girard)
*Bifrost* #66 : spécial Isaac Asimov (Girard / Dumay / Durastanti)
*Bifrost* #67 : spécial Isaac G. R. R. Martin (Girard / Dumay / Durastanti)
*Bifrost* #68 : spécial Ian McDonald (Girard / Dumay)
*Bifrost* #69 : dossier Cultures Rock (O. Girard / R. Comballot)
*Bifrost* #70 : dossier Stephen Baxter (Olivier Girard)
*Bifrost* #71 : dossier Michel Pagel (Girard / Dumay / Durastanti)
*Bifrost* #72 : spécial Ray Bradbury (Girard / Dumay / Durastanti)
*Bifrost* #73 : spécial H.P. Lovecraft (Girard / Bonnet / Dumay)
*Bifrost* #74 : dossier Léo Henry (Olivier Girard)
*Bifrost* #75 : spécial Poul Anderson (O. Girard/J.-D. Brèque)
*Bifrost* #76 : spécial J.R.R. Tolkien (Girard / Dumay / Durastanti)
*Bifrost* #77 : dossier Mélanie Fazi (Olivier Girard)
*Bifrost* #78 : spécial Ursula K. Leguin (Girard / Dumay / Durastanti)
*Bifrost* #79 : dossier Yves & Adam Rémy (Olivier Girard)
*Bifrost* #80 : spécial Stephen King (Girard / Dumay / Durastanti)
*Bifrost* #81 : dossier Pierre Pelot (Olivier Girard / Claude Ecken)

# À paraître

**Poul ANDERSON :**
*La Hanse Galactique T.1 : Le Prince-Marchand*, roman et nouvelle
*La Patrouille du temps, l'intégrale T.2*, nouvelles et roman (omnibus)
**Stephen BAXTER :**
*Diagrammes du vide*, nouvelles
**Francis BERTHELOT :**
*Le Cycle du Démiurge, l'intégrale*, romans, trois volumes
**Thierry DI ROLLO :**
*Le Temps de Palanquine*, roman
**Michel DEMUTH :**
*Les Galaxiales, l'intégrale*, nouvelles
**Claude ECKEN :**
*Le Monde tous droits réservés* (rééd. nouvelle couverture), recueil
**Kij JOHNSON :**
*L'Homme qui bâtit un pont sur le brouillard*, court roman (prix Hugo & Nebula)
**Ken LIU :**
*L'Homme qui mit fin à l'Histoire*, court roman
**Larry NIVEN & Jerry POURNELLE :**
*La Troisième main* (titre de travail),
*La Paille dans l'Œil de Dieu T.2*, roman
**Stéphane PRZYBYLSKI :**
*Le Club Uranium, Origines T.3*, roman
**Jack VANCE :**
*Les Vandales du vide*, roman
**Peter WATTS :**
*Les Choses*, nouvelles

Le Bélial'

Le Bélial'

# UNE HEURE-LUMIÈRE
# LE GRAND VOYAGE SF

ISBN : 978-2-84344-140-0
Dépot légal : à parution
Numéro d'impression : 512182

Cet ouvrage, le 213e des éditions du Bélial',
le 2e de la collection « Une heure-lumière »,
a été achevé d'imprimer en janvier 2016
par **N**ouvelle **I**mprimerie **L**aballery, 58500 Clamecy

*Imprimé en France (sol-3)*